QUELQUE CHOSE EN MOINS…
OU EN PLUS

GALIA SALIMO

QUELQUE CHOSE EN MOINS… OU EN PLUS

Robert Laffont

« On ne naît pas femme, on le devient » – Simone de Beauvoir

ISBN 978-2-221-25811-8
Dépôt légal : mai 2022
Éditions Robert Laffont – 92, avenue de France 75013 Paris

Encore et toujours... À Gérald Nanty

Dix jours déjà. Dix jours sans soleil, mais sans l'ombre d'un regret. Dix jours que j'ai quitté Marseille pour Paris où je savais avoir rendez-vous avec mon destin.

Dix jours que, sur le quai de la gare Saint-Charles, j'avais dit au revoir à mon enfance, que j'avais quitté définitivement ce déguisement de garçon dont on m'avait affublée. Dix jours que j'avais abandonné l'idée de marcher dans les chaussures d'un autre.

Je ne savais pas alors qu'il me faudrait dix ans pour que la chenille devienne papillon. Dix ans pour parvenir à faire naître celle que j'ai toujours su que j'étais.

*

Ces dix jours étaient passés aussi vite qu'un verre de whisky dans la gorge d'un Écossais ou qu'un éclair au chocolat de chez Fauchon dans la bouche de la gourmande Fortuna qui m'avait offert ce cadeau merveilleux, cette opportunité extraordinaire de pouvoir changer de vie.

J'ai toujours su que les rencontres étaient des cailloux magiques posés sur le chemin, j'ai toujours eu ce don de savoir les reconnaître. On peut appeler cela, selon que l'on est plus ou moins cartésien, la bonne étoile, la chance, la prescience. Permettez-moi de croire que la vie est la meilleure des scénaristes et que « le hasard est le pseudonyme que prend Dieu, quand il ne veut pas être reconnu ».

Fortuna, *alias* Lucien, ami d'enfance qui avait décidé de se lancer le premier, voilà un an déjà, dans cette extraordinaire et transgressive aventure qu'est le voyage en transsexualité, m'avait fait « monter » de Marseille. Elle avait décelé en moi la fibre artistique qui lui permettrait de quitter la grisaille des trottoirs parisiens pour briller sous les sunlights des cabarets internationaux. Cet attelage qui aurait pu paraître improbable – elle, calculatrice et prête à tout pour s'en sortir, et moi, pétrie de préjugés et de naïveté toute provinciale – était plus que viable, chacune tirant dans la même direction : l'accomplissement de soi.

Elle m'avait installée chez elle, un modeste studio près de l'avenue des Ternes, à deux pas du marché de la rue Poncelet. Le canapé-lit était assez grand pour nous deux, la cuisine dans un placard et les douches sur le palier. Simple mais confortable. Sur un cahier à spirales à mon nom, elle inscrivait chaque jour scrupuleusement ce que je lui coûtais en frais de bouche, de garde-robe, de transport et de divertissement. Mes maigres économies avaient très vite disparu. J'étais arrivée à Paris, comme on dit dans mon quartier du Panier à Marseille, « nue et crue ». Notre contrat était respecté : elle me faisait en quelque sorte une avance sur recette. Très gentille avec moi, elle se comportait comme une véritable sœur aînée. Durant ces dix premiers jours, elle m'avait laissée m'habituer à ma nouvelle condition féminine, n'hésitant pas à corriger ici un geste trop brusque, là une tonalité de voix trop grave. Dans l'intimité de l'appartement, elle n'hésitait pas à m'interrompre en vocalisant d'une voix nasillarde : « Mi, mi, mi ! » En public, fronçant les sourcils, elle susurrait d'un air réprobateur : « Mireille, Mireille, Mireille ! » Je me devais, aussitôt, de monter ma voix de deux tons sous peine de quolibets des plus désobligeants.

Chaque jour, elle m'initiait à l'art du maquillage, trouvant mes progrès très prometteurs. Je parvins vite à maîtriser parfaitement l'art de la « banane » (épais trait de crayon accentuant le creux de la paupière supérieure) et la pose des faux cils n'eut bientôt plus aucun mystère pour moi. Il faut dire que le poster de la belle Twiggy trônait en majesté sur le mur de la salle d'eau et que ses yeux de biche effarouchée, ses cils inférieurs redessinés un à un, étaient copiés par toutes les filles *in* de la capitale. Pour le choix de mes vêtements, c'était plus délicat. C'est peu de dire que nous n'avions pas le même style. Nous étions carrément aux antipodes l'une de l'autre. Elle, 1,65 mètre et de jolies rondeurs ; moi, 1,76 mètre et filiforme.

Pourtant, nécessité faisant loi, je me laissai guider par ses choix ; c'est elle qui tenait les cordons de la bourse. Le manteau gris ou la robe framboise à encolure brodée de fils d'argent n'étaient pas du meilleur goût. Elle avait pris la même robe en blanc pour elle, je n'avais pas le cœur ni les moyens de refuser.

Elle était très organisée et rien n'était laissé au hasard, dans sa tête comme dans sa vie. C'est sans doute pour ça aussi que cela fonctionnait si bien entre nous. Je lui apportais la fantaisie, la joie de vivre, l'insouciance et la légèreté dont elle manquait. Elle me canalisait, me protégeait et m'avertissait des dangers qui jalonnaient le chemin.

Elle avait prévu deux mois pour finaliser la chorégraphie de nos numéros, et c'est moi qui en avais la charge. À Paris, disait-elle, il était quasiment impossible d'être engagées chez Madame Arthur ou au Carrousel, les deux seuls et célèbres cabarets où les travestis pouvaient travailler ; nous n'avions pas assez d'expérience. Elle avait donc réussi à décrocher un rendez-vous chez Madame Arthur à Anvers, en Belgique, pour y passer une audition. Il fallait absolument être prêtes.

J'avais déjà pensé à notre présentation. Nous étions tombées d'accord sur le choix des musiques et les thèmes de nos performances. Elle chanterait *Strangers in the Night* de Frank Sinatra, ferait un strip-tease sur la musique d'*Il était une fois dans l'Ouest* d'Ennio Morricone. De mon côté, je me déshabillerais sur un charleston, *Le Compartiment 23*, chanté par la divine Mireille Darc à laquelle je ressemblais, disait-on, et ferais un play-back sur une chanson de Rita Cadillac, célèbre égérie du Crazy Horse, *Comptez pas sur moi pour me montrer toute nue*. Nous ferions également un numéro en duo inspiré de celui de Brigitte Bardot et Jeanne Moreau dans le film *Viva Maria* où elles s'effeuillent sur *Ah ! les petites femmes de Paris*. Trouver nos costumes avait été un jeu d'enfant pour Fortuna.

Chaque jour, celle-ci quittait l'appartement à 18 heures pour aller au bureau, disait-elle. En fait, elle allait à Pigalle, rue Houdon, où, devant la porte d'un hôtel, elle exerçait le plus vieux métier du monde. Comme elle l'avait décrété, je venais la chercher à 20 heures pour aller dîner dans l'un des restaurants du quartier où nous croisions les artistes de chez Madame Arthur et toute une faune interlope qui s'entremêlaient harmonieusement. Tout le monde connaissait tout le monde. Les derniers potins circulaient de table en table. Les rires fusaient et les invectives comme les bons mots jaillissaient dans un brouhaha qui durait tout le temps du repas. C'est là que Fortuna avait noué des liens d'amitié avec le chef de l'atelier de couture de chez Madame Arthur qui lui avait vendu un somptueux fourreau en paillettes or et bordeaux au décolleté affriolant, ainsi qu'un costume d'écuyère rouge et noir, cravache et bombe comprises. Je dois avouer que c'était du plus bel effet et surtout en totale adéquation avec ses numéros.

À 22 heures, le troquet se vidait aussi vite qu'il s'était rempli. La nuit allait commencer. Les filles retournaient sur leur « coin », les artistes dans leurs cabarets, les gigolos dans leurs bars spécialisés et moi, je rentrais à la maison en métro, prenant bien soin, comme Fortuna me l'avait recommandé, de monter dans la voiture rouge en première classe, et surtout pas dans les vertes, beaucoup moins sûres à ces heures tardives.

J'adorais ces trains colorés qui couraient dans les entrailles de la ville et qui me rappelaient mon manège favori de la fête foraine, La Chenille. J'avais pu juger de l'immensité de la capitale, ma Canebière faisait piètre figure par rapport aux Champs-Élysées, et ma Porte d'Aix était minuscule face à l'Arc de Triomphe.

*

Un samedi après-midi, Fortuna m'emmena au marché aux puces porte de Clignancourt. Là, je reçus encore une gifle, ces « puces » étaient gigantesques. Mon amie s'amusait de mon étonnement et me promenait à travers les allées débordantes de tous les riches et merveilleux souvenirs du passé. Dans cette caverne d'Ali Baba, elle savait très bien où aller pour trouver ce qu'elle cherchait. Après les marchés Biron et Vernaison, où elle me fit découvrir les trésors rococo, Art déco, Belle Époque ou même art contemporain, elle m'entraîna au marché Paul-Bert, le royaume de la fripe. Magique, un grenier de conte de fées : les dentelles, les frous-frous, les robes, les bibis, les fanfreluches, les corsets, les jupons… j'étais éblouie.

Fortuna me rappela le pourquoi de notre venue : je choisissais, elle négociait. Ce fut très facile. Mon coup de cœur : une merveilleuse robe charleston en paillettes noir irisé semblant avoir été découpée dans une toile d'araignée encore imprégnée de la rosée du matin. De longs jupons en baptiste avec volants en broderies anglaises, des corsets qui se fermaient par de grands lacets dans le dos, des robes de cocottes 1900 en moire et velours, une « vert pomme » et l'autre « jaune bouton d'or » furent achetées pour notre duo. Je craquai également pour un frac noir à queue-de-pie, un chapeau claque et une canne à pommeau argenté pour mon numéro solo.

En effectuant ce dernier achat, une chanson résonna dans ma tête, tel un Archimède sortant du bain je m'entendis crier non pas « Eurêka » mais « Stone, Stone »… Fortuna me somma de m'expliquer. Je venais de trouver le numéro parfait pour ce genre de tenue. Devant sa totale incompréhension, j'entonnai les premières paroles du dernier succès d'une toute jeune et nouvelle chanteuse qui s'appelait Stone : « J'ai trouvé dans mon grenier, dans une grande malle en osier, un vieux chapeau et un frac et une canne qui claque… »

« Parfait, me dit-elle en éclatant de rire. L'idée est géniale, je ne me suis pas trompée, tu es une artiste, mais il faudra absolument faire le play-back parce que tu chantes comme une casserole. » Fortuna était ravie, elle avait su négocier les prix comme une vraie professionnelle – elle avait même réussi à se faire offrir en prime des boas et des bibis en plumes. Elle avait vraiment le sens des affaires, un bagout extraordinaire, elle aurait pu vendre des lunettes de vue à un aveugle ! « Viens, je t'emmène chez Louisette pour manger une saucisse-frites, nous l'avons bien mérité. » C'était une guinguette, au cœur des puces, où les initiés pouvaient se restaurer tout au long de la journée, du samedi au lundi. L'ambiance y était cosmopolite et festive, les brocanteurs y invitant leurs meilleurs clients. Une miniscène y accueillait tour à tour orchestres tsiganes, chanteuses réalistes ou accordéonistes en herbe. Il y régnait une certaine promiscuité qui n'était pas sans rappeler celle que l'on retrouvait au petit matin dans les bistrots des Halles, au Chien qui fume ou au Pied de cochon où Fortuna m'avait fait découvrir la célèbre soupe à l'oignon à ne déguster qu'à 4 heures du matin…

J'étais fascinée. J'adorais Paris, ma nouvelle vie, tout avait l'air si bon enfant, sans problème. J'étais littéralement émerveillée, comme si c'était Noël tous les jours. Cela agaçait mon amie qui me comparait à Pinocchio débarquant au Pays des jouets. Je ne lui en voulais pas, sachant que son arrivée dans la capitale n'avait pas été facile. Elle avait dû se battre pour s'imposer dans la rue, manger son pain noir avant de pouvoir trouver un toit, essuyer maintes humiliations qu'elle espérait ne pas me voir subir. Elle voulait échapper à toute cette noirceur et savait que la Belgique était l'issue de secours. Elle remerciait le ciel de m'avoir placée sur sa route comme je lui suis à jamais redevable de l'avoir placée sur la mienne.

Chaque jour était pour moi comme un examen de passage. J'essayais de trouver dans les yeux des passants, dans le reflet des vitrines des magasins, dans le bonjour des commerçants ou dans celui des poinçonneurs du métro la confirmation qu'ils ne voyaient en moi rien d'autre qu'une fille comme les autres, et me délivraient ainsi un certificat de féminité. Ceux qui nous détectaient le plus aisément, c'étaient les « chasseurs de Pigalle » : des rabatteurs qui arpentaient le boulevard, entre la place de Clichy et la rue des Martyrs, pour faire entrer dans des boîtes à strip-tease aux devantures violemment scintillantes de crédules touristes en goguette. Ils avaient développé un flair qui leur permettait à coup sûr de distinguer, au milieu de la foule de curieux, le plus à même de perdre sa chemise, le pigeon royal, le parfait gogo. Plus d'une fois, Fortuna m'avait dit en riant : « Le jour où tu passeras devant eux sans qu'ils te fassent une remarque désagréable, tu seras une femme, ma fille. » J'évitais soigneusement de croiser leur chemin en ne marchant que sur le terre-plein du boulevard – je ne me sentais pas encore prête pour l'examen final.

Métisse, durant mes années de fac, je m'étais intéressée à un sujet sur le douloureux problème de ces filles et garçons blancs, yeux et cheveux clairs mais de parents noirs, qui, dans une Amérique ségrégationniste, niaient leur négritude, vivaient parmi les Blancs, craignant chaque jour d'être démasqués car les sévices et le lynchage étaient terribles. Je ne pouvais m'empêcher de faire le parallèle avec ma propre situation. Un mot désignait ce dangereux choix de vie : *the Passing*.

Il y avait un sujet sur lequel Fortuna revenait régulièrement, c'était le traitement hormonal auquel il allait falloir que je me livre. J'étais très réticente envers cette pratique sur laquelle les rumeurs les plus inquiétantes circulaient. Si le développement de la poitrine et la pousse plus rapide et plus dense des cheveux étaient un fait avéré, on murmurait que des crises de paranoïa et même le cancer survenaient parfois après ces injections de progestérone effectuées sans aucun contrôle médical. Fortuna sut trouver les mots pour me convaincre. Après ces quelques semaines parisiennes, je savais que j'avais acheté un billet sans retour pour le pays de mes rêves d'enfant.

Elle avait pris rendez-vous auprès de l'Association pour malades hormonaux (Amaho), dont le siège se situait dans l'un de ces immeubles de la ville de Paris, place de la Porte-de-Champerret. C'était un appartement qui servait de bureau et de cabinet paramédical. La présidente de l'association, Marie-Andrée S., aux allures de camionneur et au collier de perles aussi grosses que fausses, avait été pendant la guerre enfermée dans un camp de concentration à Treblinka. À quinze ans, petit Juif alsacien, il avait servi de cobaye aux sinistres « docteurs maudits » qui, à force de piqûres d'hormones féminines, l'avaient transformé en pseudo-hermaphrodite. Échappée de ces sombres années, elle avait monté cette structure, déclarée en bonne et due forme à la préfecture de police de Paris. Cette association à but non lucratif venait en aide à ses adhérentes sous forme de services divers et variés.

Je fus inscrite et obtins ma carte de membre à double volet qui, si on la pliait en deux, ressemblait à s'y méprendre à une véritable carte d'identité. La propriétaire de l'appartement, qui me faisait penser étrangement à notre Colette nationale, se faisait appeler la marquise de Castelvieil. Il y avait aussi, pour compléter cette étrange troïka, Rosa, l'employée de maison espagnole. Récemment revenue de Casablanca où elle avait subi une vaginoplastie, elle réclamait 5 francs pour montrer son nouvel objet du désir.

C'est dans cette ambiance surréaliste que la marquise m'entraîna dans sa chambre, un véritable capharnaüm où les tables de nuit, les consoles et les commodes anciennes croulaient sous les barbotines, les biscuits, les candélabres, les lampes en pâte de verre et les ours en peluche. En entrant dans la pièce, avant de m'allonger culotte baissée sur un méchant canapé pour m'inoculer ma toute première injection, elle attrapa violemment l'un de ses ours et le plaqua contre le mur en lui criant : « Vous êtes odieux, Teddy-Bear, vous serez privé de dessert. Tête contre le mur, ne bougez plus. » Elle revint vers moi et ajouta : « C'est toujours ainsi quand il voit une jolie fille. » Mon sourire se transforma en grimace, elle venait de me piquer.

Sur le pas de la porte, Marie-Andrée nous rappela la date de la prochaine réunion de l'association et nous vanta un tout nouveau procédé pour faire disparaître la pomme d'Adam. Le cou enserré dans un foulard de cuir, il fallait rester pendue à une barre fixée entre deux murs. En descendant l'escalier, encore abasourdie par ce que je venais de vivre, je me surpris à remercier Dame Nature de m'éviter d'avoir à subir les affres de ce dernier supplice.

Un soir, au restaurant, Fortuna me présenta Pierrette, un personnage truculent et original comme on ne pouvait en trouver qu'à Pigalle. Comme nous, il était né à Marseille, qu'il avait quitté depuis plus de quinze ans. Assez rondouillet, avec un visage dont l'androgynie s'était estompée avec les années pour laisser apparaître un côté assez masculin malgré des cheveux très longs, il vivait la journée en garçon et ne s'habillait en femme qu'à la nuit tombée. Il était très drôle et faisait office de médiateur lorsque des conflits surgissaient entre filles, de placeur lorsqu'un espace se libérait, et on disait même qu'il avait ses entrées au 36 quai des Orfèvres. Il était craint et respecté. Il me trouva très jolie et me proposa une place au coin de la rue des Martyrs et de la rue Alfred-Stevens, côté 9e arrondissement, où, disait-il, les flics ne passaient pratiquement jamais. Fortuna lui expliqua que j'étais une artiste et que j'étais chez elle entre deux contrats. « Dommage.

Si tu changes d'avis, viens me trouver. Tu pourras être la reine des Folies-Platanes. » C'est le nom que donnaient, m'expliqua Fortuna, les transformistes de chez Madame Arthur aux trottoirs de Pigalle où travaillaient les travestis. Voilà une distinction que j'avais dû intégrer : les transformistes étaient des garçons qui s'habillaient en femmes pour le spectacle tandis que les travestis vivaient à temps plein, si l'on peut dire, leur vie de jeunes filles.

En sortant du dîner, alors que nous nous dirigions vers le métro où mes amies avaient décidé de me raccompagner, j'eus la stupeur de les voir prendre leurs jambes à leur cou et disparaître dans la foule bigarrée du boulevard. « Vos papiers, s'il vous plaît. » Au ton ne supportant aucun refus et à l'allure passe-muraille de ces énergumènes, je compris aussitôt à qui j'avais affaire. Fortuna m'avait prévenue et j'allais en faire la triste expérience.

S'appuyant sur un décret parisien douteux et archaïque promulgué par un certain préfet Lépine, instigateur du concours éponyme, qui stipulait qu'il était « interdit aux hommes de s'habiller en femmes en dehors de la période de carnaval », la police pouvait arrêter sur la voie publique les contrevenants, les garder dix heures au poste et les libérer non sans leur avoir infligé une amende importante.

Me voilà donc embarquée au commissariat des « grandes carrières » (un signe du destin). Après une brève vérification de mon identité, et surtout confirmation de ma majorité que je venais d'obtenir quelques jours plus tôt, me permettant ainsi d'éviter la case prison pour un mois, je me retrouvai dans une cage où, assises sur des vieux bancs d'écoliers, des filles de joie et quelques travestis, entre deux sandwichs, échangeaient les derniers potins. Mon arrivée fut très remarquée par les filles qui me détaillèrent d'un œil mauvais, se demandant qui était cette nouvelle. Une grande rousse drapée dans un trench panthère s'interposa : « Mais, Galia, toi ici ? Ils t'ont embarquée où ? »

C'était Laurence Chrysler. Je l'avais rencontrée un samedi soir dans l'un de ces rares lieux de la nuit qui toléraient la présence des travestis, rue de la Montagne-Sainte-Geneviève, tenu par une ancienne comédienne à la filmographie aussi impressionnante que l'était sa corpulence, Georgette Anys. La salle était entièrement tapissée par les affiches de nombreux films prestigieux où elle n'avait bien souvent fait qu'une apparition furtive et secondaire, mais qui, par le nom des vedettes parfois internationales qu'elle avait côtoyées, lui conféraient une aura incontestée dans ce milieu plus qu'interlope, fond de sa clientèle. *La Main au collet*, *La Traversée de Paris*, *Le Miroir à deux faces*, *Choc*, *Fanfan la Tulipe* et tant d'autres, placardées sur des murs imitation brique en trompe l'œil, donnaient à ce bal musette aux lumières tamisées une atmosphère irréelle et licencieuse propice aux rapprochements. La sympathie entre Laurence et moi, malgré l'inimitié qu'elle avait à l'encontre de Fortuna, avait été évidente au premier regard. L'impression de se connaître depuis toujours, ou plus exactement celle de se reconnaître sans s'être jamais rencontrées. En peu de temps, elle avait tout su sur moi comme j'avais tout appris sur elle. Cela n'avait pas du tout été du goût de Fortuna, qui avait précipité notre départ. Elle snobait ses collègues de travail.

En deux mots, je lui racontai les circonstances qui m'avaient amenée ici. Elle se retourna vers le gynécée (cela y ressemblait fort) et expliqua à ces harpies, en mentant effrontément, que j'étais une nouvelle recrue du Carrousel et que je n'irais pas leur enlever le pain de la bouche, enfin, si on peut appeler ça ainsi, ajouta-t-elle. Cette boutade fit hurler de rire toutes les confinées et son mensonge changea leur regard sur moi. On me pressa de questions et Laurence vint plus d'une fois à mon secours.

Les rapports avec les flics étaient débonnaires, presque complices. Contre quelques billets, ils apportaient sandwichs, Coca, café et même dentifrice et brosses à dents pour celles qui en manquaient. Devant mon étonnement, Laurence m'expliqua que les filles qui avaient été ramassées pour « racolage sur la voie publique » seraient amenées à 23 heures à l'hôpital Saint-Lazare où elles passeraient la nuit, après avoir subi un test de dépistage à la syphilis, fléau sanitaire de ces années-là.

Un brouhaha dans le commissariat. Vingt-trois heures : changement d'équipe policière et arrivée du panier à salade pour transférer les filles à l'hôpital. Sagement assise sur mon banc, non loin de Laurence, je me fis houspiller par un agent qui me demanda de rejoindre les femmes. Les autres travestis prirent un malin plaisir à lui préciser que je n'en étais pas une. Moi, j'étais heureuse et flattée par cette méprise, et c'est Laurence, encore une fois, qui eut le bon mot : « On n'est jamais trahi que par les siens, je dirais même mieux, les hyènes. » Le silence, seulement rompu par le cliquetis obsédant d'une machine à écrire, fut la seule réponse.

Dans cette cage, nous n'étions plus que cinq « femmes de l'an 2000 », comme notre communauté aimait à se désigner, et un voleur à la tire qui avait déjà entamé sa nuit en réquisitionnant tout un banc.

Chacune essaya de s'installer au mieux pour affronter les longues heures qui allaient s'écouler. Je n'avais pas osé trop me rapprocher de Laurence. Je la trouvais très belle, sa prestance, son élégance et sa feinte vulgarité m'impressionnaient. C'est elle qui vint vers moi, un sourire au coin des lèvres : « Je te fais peur, dit-elle. Je comprends. Tu verras, quand on vit en enfer, on devient diabolique. J'ai beaucoup d'amitié pour toi, tu pourrais être celle que je fus quand je suis arrivée à Paris. Je sens pourtant en toi une force, une détermination que je n'avais sans doute pas. La vie est un cinéma et si tu veux avoir un premier rôle, sache qu'il te faudra commencer par faire de la figuration. Tu as déjà sauté une étape, puisque tu n'es pas passée par la case tapin. Crois en ton étoile et quoi qu'on te dise, suis ton chemin, il te mènera loin, j'en suis sûre. Sur ce, essaye de dormir, la nuit va être longue. » Elle se retira un peu plus loin sur le banc, sortit une longue écharpe sous laquelle elle disparut, non sans m'avoir envoyé un dernier clin d'œil complice.

Je ne pouvais dormir. Je n'ai jamais pu trouver le sommeil ailleurs que dans un lit et dans l'obscurité totale. J'essayais de ne pas perdre une minute de ce moment incroyable. J'étais enfermée dans un commissariat. Pour moi, ce n'était pas une contravention que j'allais recevoir, non, c'était un permis de poursuivre mon chemin, un permis de mal me conduire aux yeux de la bien-pensance. J'étais heureuse et ne voulais pas égarer une miette de cette nuit-là.

Peu à peu, un calme singulier s'imposa, quelquefois déchiré par des cris ou des chansons paillardes parvenant des cellules de dégrisement.

Depuis un moment, j'avais remarqué les allées et venues d'un policier dont le regard noir se posait, à chaque fois, lourdement sur moi. De loin, il me fit un signe que je ne sus interpréter. Il se rapprocha et me lança : « Toilettes. » Un ordre ? Une interrogation ? L'un de ses collègues se rapprochant, il fit demi-tour en maugréant dans sa moustache.

À croire que le foulard de Laurence était transparent, elle l'enleva et, toujours aussi protectrice, me demanda : « Qu'est-ce qu'ils te voulaient ? » Je lui retransmis la demande. Elle éclata de rire et me donna l'explication : « C'est la façon pour certains de ces flics de nous proposer une pipe en échange d'une sortie plus rapide. C'était lequel ? » Je le lui désignai. Elle l'interpella. « Moustache, tu m'emmènes aux toilettes ? »

Elle en revint relativement vite, se remit du rouge à lèvres, et eut à peine le temps de me dire au revoir qu'un autre flic venait la chercher, lui donnant son papier de sortie et son amende. Elle disparut, laissant derrière elle un effluve de Shalimar de Guerlain.

Ne pouvant me résoudre à me soumettre, ce n'est que sept heures plus tard que je fus libérée.

Notre départ pour la Belgique approchait. Les répétitions étaient pratiquement terminées, nous avions fait de très belles photos d'artistes, nous étions prêtes. Fortuna avait acheté nos billets de train pour Anvers. J'étais très excitée, c'était la première fois de ma vie que j'allais quitter la France. J'étais émerveillée de constater que, depuis presque trois mois, chaque jour n'était qu'une succession de premières fois. « Nous devrons passer la frontière en garçons. »

Devant mon air effaré, elle m'expliqua qu'ayant des passeports masculins, nous ne pourrions entrer en Belgique autrement qu'en conformité avec nos papiers d'identité, sous peine de nous faire refouler. Elle avait pris nos places dans deux compartiments différents pour ne pas éveiller les soupçons des douaniers. À deux, on attire davantage l'attention, dit-elle. Au stress du départ s'ajouta donc celui de ne pouvoir voyager librement. Voilà trois mois que j'étais à Paris, trois mois que je vivais ma vie de jeune fille, j'avais du mal à accepter de rendosser un accoutrement que j'avais brûlé en quittant Marseille.

Un peu vertement, elle me rétorqua qu'il fallait parfois composer avec les lois, qu'elle m'avait déjà épargné quelques humiliations mais qu'il y en aurait d'autres et qu'il fallait être prête à les affronter. Je ne pus que m'incliner, elle avait tout à fait raison.

Un jean, un col roulé, un blouson, on pouvait faire illusion, surtout moi qui avais encore mes cheveux courts et frisés. Fortuna ramassa ses cheveux longs dans une casquette et mit même un costume cravate. Devant un miroir de la gare du Nord, je ne pus m'empêcher de dire :

— Deux gousses !

— J'espère que les vampires belges nous laisseront passer, sourit-elle.

C'est en hurlant de rire qu'on rejoignit nos voitures respectives qui nous emmenaient outre-Quiévrain.

Moi qui me plaignais de la grisaille parisienne, le choc fut grand. Je compris pourquoi dans sa chanson *Le Plat Pays*, Jacques Brel nous affirmait qu'un canal s'était pendu, et je priai « ce ciel si bas » de ne pas me contraindre à cette funeste extrémité. Je saisis pleinement le sens du mot « étranger ». Tout était différent : les couleurs, la langue, les immeubles, la cuisine. Tout était gris, le manque de soleil accentuant cette sensation de chape de plomb qui enveloppait la ville. Cependant, ma conviction me soufflait que ce passage obligé ne pouvait être que bénéfique.

Monter à Paris fut une performance ; là, c'était un exploit digne du commandant Charcot. La Belgique n'était certes pas la terre Adélie, mais le froid qui y régnait en cette fin mars justifiait cette confusion. Le nom de notre hôtel, le Warum Nicht ? – en français Pourquoi pas ? –, m'y fit détecter un signe : c'était aussi le nom du bateau du célèbre explorateur qui avait hanté mes rêves d'évasion quand j'étais petit enfant. J'en fis part à Fortuna, qui n'y vit rien d'autre qu'un hôtel douteux dont le seul avantage était le prix des nuitées. Je me promis de ne plus jamais partager avec elle mes intuitions.

« Pourquoi pas ? », voilà une interrogation qui donnait du sens à la vie, en tout cas à la mienne. À Anvers, je compris que plus rien ne serait jamais comme avant. En passant la frontière, j'avais quitté l'insouciance de l'adolescence. J'entrai sur un ring où tous les coups seraient permis.

Notre chambre était spacieuse, très colorée. Un grand lit y trônait sur une estrade et des néons de lumière noire donnaient à l'ensemble une ambiance de fête foraine. Fortuna me recadra en me précisant que cela ressemblait davantage à une chambre de passe. « Quitter la rue Houdon pour se retrouver dans un bordel, il n'y a qu'à moi que cela peut arriver. » Je tentai d'être drôle en lui répliquant que cela ressemblait fort à une promotion ; elle ne goûta pas du tout mon humour et me pria de me rendre utile en défaisant les valises.

Nous avions rendez-vous avec la direction du cabaret Madame Arthur. Notre audition se déroulerait sur deux jours. Nous présenterions chacune un numéro différent le vendredi et le samedi durant le spectacle.

L'accueil dans les loges fut très amical. Les artistes étaient francophones et pour la plupart transformistes. Une superbe créature blonde aux yeux verts dénotait au milieu de ces plus que trentenaires fervents adeptes du rasoir électrique. Elle était bruxelloise, travesti à la poitrine généreuse et hormonée, un sourire à la dentition parfaite qui lui avait sûrement valu son nom de scène : « Diamant ». Elle nous fit un peu de place près d'elle et nous expliqua le déroulement du spectacle.

Le premier soir, Fortuna présenta son strip-tease et moi mon play-back de la chanson de Stone. Tout se passa très bien. Le samedi fut une catastrophe. Fortuna, qui chantait *Strangers in the Night* accompagnée par l'orchestre, se vit retirer le micro des mains par le patron du cabaret qui annonça le numéro suivant. Il faut dire que l'orchestre arrivait à la fin de la chanson alors qu'avec sa voix traînante, elle n'en était qu'au premier couplet. Quant à moi, ce ne fut pas mieux ; se déshabiller en dansant un charleston n'était pas sans risque. Je me pris les pieds dans ma robe toile d'araignée, me retrouvai par terre. Comble de malchance, ma perruque n'avait pas pris le même chemin, elle avait eu la mauvaise idée d'aller atterrir sur les genoux d'une matrone qui poussa un cri d'horreur.

À la fin du show, c'est sans surprise que l'on apprit que l'on n'était pas engagées.

Tous nos plans s'écroulaient. On était désespérées.

Le retour à l'hôtel fut dramatiquement silencieux. Chacune dans nos pensées les plus lugubres, nous avancions sous un crachin glacial. Quand on entra dans la chambre, le Rimmel qui coulait le long des joues de Fortuna ne laissait aucun doute sur son amère et cruelle déception. Pour ma part, comme toujours, j'essayais de me persuader que je m'étais peut-être trompée, que mes rêves d'évasion n'étaient que des chimères. Je venais d'échouer lamentablement à mon examen d'entrée dans une nouvelle vie. Un échec. Je ne savais pas encore que « ce qui ne nous tue pas nous rend plus fort ». Je retournerais à Marseille et deviendrais ce que l'on attendait de moi, un scribouillard à robe noire et col d'hermine. Un bruit fracassant vint me sortir de ma torpeur. Fortuna venait de jeter violemment son poudrier sur le miroir de la salle de bains. « Ce n'est pas possible ! Dieu ne peut pas accepter de me voir retourner au tapin ! cria-t-elle. Habille-toi, on sort ! » Je ne l'avais jamais vue dans un tel état. Son ton n'acceptait aucune réplique. Je me gardai bien de lui demander où elle comptait aller dans cette ville qui nous était totalement étrangère. Sa détermination me survoltait. Je la suivis.

Après avoir demandé à la réceptionniste où les artistes se réunissaient pour souper, nous débarquions dans un restaurant de nuit. Peu à peu, les tables se remplissaient, mais il n'y avait pas foule et nous ne connaissions évidemment personne. « Galia ! Toi ici ? Je n'en crois pas mes yeux. » Moi non plus je n'arrivais pas à prendre conscience que se dressait devant moi la superbe Laurence. Elle fit mine de ne pas voir Fortuna qui, alertée par son instinct, se fendit de son plus beau sourire, s'extasia sur le bonheur de cette rencontre impromptue et la pria de s'asseoir.

Après qu'on eut donné les raisons de notre présence, en minimisant nos torts et en jouant les victimes, la réaction de Laurence mit des dollars dans les prunelles de Fortuna et des panneaux « Attention danger » dans les miennes. Elle dénigra ce cabaret où les artistes étaient corvéables à merci et payés une misère, puis nous dressa un tableau idyllique de son job dans le quartier du port. Devant mon air de chien battu, elle précisa que la prostitution en Belgique ne se pratiquait que dans des quartiers spécialisés où les filles, derrière les baies vitrées de leur studio, pouvaient se livrer à leur négoce. Partout ailleurs, c'était strictement interdit. Elle était hôtesse et son job consistait à boire avec des clients, les entraîner de bar en bar – son patron en possédait trois –, sans jamais partir avec eux, sous l'œil intraitable des portiers-videurs qui veillaient à ce qu'elles ne les emmènent nulle part ailleurs. Elle touchait une ristourne sur chaque consommation et travaillait quand elle voulait, de 22 heures à 5 heures. Elle gagnait hyper bien sa vie. À la fin de son petit exposé, machiavélique, elle me proposa de me présenter à son patron. Fortuna fit mine de ne pas avoir entendu. Je déclinai l'invitation en précisant les liens qui m'attachaient à mon amie. « Nous sommes françaises expatriées, dit-elle, nous devons nous entraider. Je vais vous présenter toutes les deux. »

Fortuna se confondit en remerciements tout en suggérant qu'on pourrait y aller après le souper. Elle avait déjà comptabilisé tout le profit qu'elle allait pouvoir en tirer ; en bonne cartésienne, elle savait qu'il fallait battre le fer quand il était chaud. Quant à moi, toujours empêtrée dans le complexe « excusez-moi d'être là », je m'abandonnais à ma bonne étoile qui, ce soir-là, avait endossé la robe très décolletée de la belle Laurence. Nous ne retournerions pas à Paris, l'intuition de Fortuna s'était confirmée. Nous partîmes toutes les trois, direction le « quartier des marins ».

Sitôt présentées, sitôt engagées. Maud, le boss chaleureux au prénom à consonance féminine, paternaliste, typique gaillard flamand, à l'esprit ouvert et vif, nous fit visiter au pas de charge les trois fleurons de son royaume : le Farm, l'Hacienda et le Corral. Dans cette rue de la soif, rendez-vous des marins de la terre entière et des noctambules de tout poil, la multitude des enseignes lumineuses des bars, des cabarets, des marchands de moules-frites et autres négoces de fanfreluches éclairait la nuit en « rouge-désir », propice aux fantasmes.

Maud nous fit rencontrer les directrices, les collègues de travail de toutes nationalités et de tous genres, filles et travestis se fondant dans une joyeuse confusion, et surtout ses portiers-cerbères, gardiens de ces temples de Vénus, avant de nous quitter, laissant le soin à la *mooi* Laurence de nous expliquer ce qu'il attendait de nous. Il parlait cinq langues : flamand, néerlandais – dont il disait que c'était une maladie de gorge –, allemand – celle de ses lointains ancêtres –, anglais et français – la langue de l'amour. Il prenait un malin plaisir à les mixer. En riant, Laurence nous dit que *mooi* signifiait « belle » en flamand.

Perchée sur un tabouret au comptoir du Farm, Fortuna n'eut aucun mal à aguicher un premier client qu'elle sut facilement entraîner de bar en bar, lui faisant miroiter une fin de nuit volcanique. La technique était toujours la même : après un premier cocktail pour faire connaissance, et qui ne nous rapportait que 2 francs belges, il fallait inciter, sous prétexte de plus de proximité, le chaland à aller s'asseoir dans la salle, où il nous offrirait un ou deux Piccolo – une boisson qui ressemblait à une demi-bouteille de champagne mais qui n'était qu'un ignoble jus de pomme pétillant dont le prix était fixé à notre convenance, en rajoutant un chiffre au nom de ce breuvage. Un Piccolo n° 5 valait donc 50 francs belges ; le n° 8, 80 francs, et ainsi de suite, sachant que la moitié de la somme nous revenait en fin de service. Le but du jeu, ou plutôt du job, étant de promener ce gogo de bar en bar et surtout d'en trouver plusieurs, tout au long de la nuit.

Malgré les conseils et le tutorat de Laurence, j'eus beaucoup de mal à intégrer les codes de ce nouvel emploi. En fin de nuit, lorsque nous présentions, pour nous faire régler, nos dessous de pintes de bière, sur lesquels nous avions dressé la liste de nos consommations, mon pécule était toujours inférieur à celui de Fortuna. Le premier soir, elle avait gagné 400 francs quand j'en avais péniblement récolté 100. Comme elle le disait avec raison, je n'étais pas une bonne gagneuse. Mes maigres recettes, à ses yeux, étaient une manne inespérée qui me permettrait peu à peu de lui rembourser l'argent que je lui devais.

Maligne comme un singe, elle avait noté la présence d'un juke-box dans les trois bars ; elle proposa à Maud de faire un strip-tease dans chacun d'entre eux au cours de la soirée. Ce dernier trouva l'idée excellente et accepta de la payer 20 francs le passage, comme elle le demandait. Elle se produisait ainsi trois fois par établissement, ce qui lui assurait un petit pactole de 180 francs, et un peu plus de 800 francs au total chaque soir. Elle jubilait.

Un soir, en arrivant, un portier me dit que Maud voulait me voir, qu'il m'attendait au Corral. Je n'avais qu'à traverser la rue. Je craignais le pire.

Avec cette bonhomie qui le caractérisait, il me demanda d'abord si je me sentais bien chez lui depuis ces deux mois, puis il me dit m'avoir bien observée et en avoir déduit que je n'étais pas à la bonne place. Greta, la directrice du Farm, allant bientôt partir, il avait pensé que j'étais la seule de ses filles à pouvoir la remplacer. J'étais abasourdie. Il m'expliqua que j'aurais un pourcentage sur la recette du bar, que je garderais les ristournes sur les verres qu'on m'offrirait et que je travaillerais tous les soirs de 22 heures à 5 heures, excepté le dimanche.

« Tu commences demain, dit-il sans attendre ma réponse, et il ajouta dans un éclat de rire tonitruant : Va falloir *spreek Vlaams, Godverdomme.* » Je lui répondis en riant à mon tour : « *Dank u wel Meneer…* »

J'étais sur un petit nuage. J'obtenais un poste qui convenait totalement à ce que je savais faire. N'étais-je pas née dans un bar au Panier, le plus vieux quartier de Marseille ?

J'adorais mon nouveau poste. Mon bar était une scène et tout au long de la nuit nous y jouions avec les filles une véritable pièce de théâtre, où seuls les comédiens-clients étaient interchangeables. Ma fantaisie artistique pouvait librement s'exprimer. Je gagnais bien ma vie et pus ainsi rembourser totalement ma dette à Fortuna, laquelle n'aurait pour rien au monde voulu de mon poste.

Elle ne voyait pas d'un très bon œil la complicité que j'entretenais avec Laurence, et supportait difficilement l'aura que cette dernière dégageait, l'assurance qu'à son contact je prenais. Avec ma flamboyante rousse, nous allions chaque jour visiter la ville ou dévaliser les boutiques. Sa joie de vivre réveillait la mienne. Elle était protectrice tout se montrant bienveillante. Elle me guidait sans me diriger. Dans cette grisaille flamande, elle était mon soleil.

Ma cohabitation avec Fortuna devint difficile. Nos chemins se séparaient. Laurence m'apporta la solution : deux chambres venaient de se libérer dans la pension de famille pour artiste où elle logeait. Fortuna déclina la proposition, préférant l'hôtel. C'est donc sans remords que je déménageai.

Le temps passant, les résultats de mon traitement hormonal devenaient de plus en plus apparents. Laurence m'avait prévenu des effets désagréables comme l'hyper-sensibilisation de la pointe des seins, l'état nauséeux ou la dépression passagère. Mais cela n'était rien comparé au bonheur d'apercevoir dans le reflet du miroir de ma salle de bains ma poitrine se développer, mes courbes s'accentuer, mon corps devenir celui d'une fille et, aux dires de Laurence, celui d'une très jolie jeune fille. Certains matins, pourtant, j'étais déçue de voir transparaître furtivement dans ce même miroir les traits de Dominique, celui que j'avais abandonné à tout jamais sur les quais de la gare Saint-Charles. Je le faisais disparaître en souriant, tête légèrement penchée, puis en éclatant de rire en pensant à la phrase de Jean Cocteau : « Les miroirs feraient bien de réfléchir davantage avant de renvoyer les images. »

Cette légère schizophrénie était un passage obligé. Pour la dompter, il suffisait de voir dans ce reflet le souvenir d'un frère disparu. Au fil du temps, il apparaîtrait de moins en moins souvent, jusqu'à s'effacer totalement, m'avait dit Laurence, ajoutant que certaines d'entre nous usaient et parfois abusaient de rhinoplastie ou toute autre chirurgie reconstructrice pour atténuer plus rapidement sa présence. Ne pas céder à la tentation.

J'avais, disait-elle, un atout majeur : mon métissage artisan, d'un côté félin et d'une féminité troublante. Surtout ne pas essayer d'être une pâle copie, une caricature de ces pin-up américaines qui faisaient florès chez les « filles de l'an 2000 ». Je savais qu'elle était de bon conseil. Avec mon mètre soixante-seize, ma bouche charnue et mes cheveux frisés, je ne pourrais jamais être la petite Parisienne au nez mutin, aux grands yeux clairs et aux « p'tits seins du jour, à la coque, à l'amour », comme le chantait Léo Ferré. J'avais toujours eu beaucoup de mal à accepter ma négritude, mais grâce à Laurence je venais d'entrevoir qu'elle pouvait être une force.

En quatre mois, j'avais beaucoup appris, beaucoup évolué. J'étais sur un nuage. J'avais embarqué à bord d'une fusée qui m'emmenait dans une autre galaxie. Bienvenue en transsexualité.

Je n'avais jamais eu une forte libido mais ma totale concentration sur mon job, mes injections de progestérone et d'ovocycline l'avaient totalement inhibée. Ma nouvelle meilleure amie m'expliqua qu'à l'issue de cet autre effet secondaire et passager, il fallait que je m'attende à une exaspération diabolique de tous mes sens. Je n'en fus pas du tout rassurée.

Les beaux jours arrivaient et une envie de revoir la mer Méditerranée me titillait. J'avais régulièrement des nouvelles de ma ville natale par le biais de ma bande d'amis du Paradou, la discothèque où j'avais travaillé durant mes deux dernières années de fac et où, pour la première fois, j'étais montée sur scène : Illico, Alain Bocul, Jacky, Lady Jane… Mais le manque commençait à se faire sentir. Peut-être était-ce aussi le désir de voir leur réaction devant ma nouvelle identité ? Voir dans leurs yeux l'assentiment qu'ils ne m'avaient pas donné avant mon départ de Marseille.

Un soir, Fortuna ne vint pas travailler. C'était la première fois qu'elle prenait un jour de repos sans m'en avertir. Le lendemain, comme j'allais lui rendre visite, la réceptionniste de son hôtel me révéla qu'elle était partie le matin même, expulsée par la police. Elle ne put m'en dire davantage.

C'est Maud, notre boss, qui m'expliqua qu'elle avait été contrôlée alors qu'elle attendait un taxi à la sortie du « quartier des marins ». Il me conseilla de redoubler d'attention et de toujours demander au portier d'aller me chercher une voiture quand je finissais mon service.

À mon grand étonnement, son absence ne me perturba pas tant que ça. Ces derniers temps, sans doute à cause de mon amitié grandissante pour Laurence, nos rapports s'étaient quelque peu distanciés. Cette dernière accueillit la nouvelle par un cinglant « Bon débarras ! » qui, à lui seul, résumait l'estime qu'elle accordait à mon ancienne amie.

Trois semaines plus tard, je reçus une longue lettre de Fortuna où elle m'annonçait qu'elle avait été engagée au Carrousel à Paris, le Graal pour notre communauté. L'aventure était rocambolesque et elle me la narra avec force détails. Elle était allée voir le spectacle de ce cabaret où, selon la publicité, se produisaient « les plus beaux travestis du monde » avec un vieil et riche ami.

En partant, elle avait demandé à la directrice comment passer une audition. Cette dernière, catégorique, lui avait précisé qu'il n'y avait aucune femme dans la troupe, ce à quoi Fortuna lui avait répliqué qu'elle n'en était pas une. La prenant par la main, la directrice l'avait immédiatement emmenée dans le bureau du patron qui avait accepté de la recruter. Voilà une semaine qu'elle avait commencé, et elle espérait me voir venir très prochainement dans la capitale pour l'applaudir.

J'étais très heureuse pour elle. Laurence, comme toujours, eut le dernier mot : « La garce ! »

L'été arrivait à grands pas, les journées allongeaient aussi vite que raccourcissaient les jupes des filles. Au confluent des influences anglo-saxonnes et latines, la Belgique était à l'avant-garde des courants musicaux et des nouvelles tendances sociétales. La minijupe de Mary Quant faisait florès dans les rues du port d'Anvers qui rêvait d'être la capitale en lieu et place de l'éternelle rivale : Bruxelles.

Maud, toujours attentif, à ses *jenge dochters*, comme il les appelait – qui pourrait se traduire par « demoiselles » –, demanda qui voulait partir en vacances, sachant que les mois d'été n'étaient pas les plus rentables.

Par chance, Alain et Jacky m'avaient, quelques jours auparavant, téléphoné pour me demander si je ne voulais pas venir au Paradou y assurer le spectacle, Lady Jane les ayant quittés pour une boîte concurrente. Avec l'inconscience de ma jeunesse et ne pouvant rater l'opportunité de passer deux mois à Marseille, je les rappelai aussitôt pour les informer que j'acceptais leur proposition.

Laurence avait prévu de passer l'été à Cannes où, comme elle le chantait en riant, la riche clientèle internationale remplissait généreusement les bas des filles de joie. Nous voyagerions ensemble jusqu'à Marseille où elle prendrait sa correspondance pour Cannes. Nous nous retrouverions en septembre à Anvers.

*

La bande du Paradou était sur le quai de la gare. Un comité d'accueil qui, en un instant, sut effacer les craintes qui m'avaient hantée tout au long de ces interminables heures de voyage. Quand j'aperçus Vicky, mon *alter ego*, mon ami, mon frère qui n'avait pas eu l'audace de partir à Paris avec moi, qui m'avait laissé une lettre bouleversante que je relisais dans les moments d'incertitude et de doute quant à la légitimité de ma quête, j'éclatai en sanglots avant de me blottir dans ses bras.

Ces cinq mois de séparation n'avaient fait que renforcer notre amitié. De Vicky à Alexandre, d'Illico à Armand, de Bonux à Maryline, tous m'assurèrent qu'ils m'aideraient à créer chaque soir au Paradou un nouveau spectacle.

Je faisais un « seule en scène » d'une heure, accompagnée par Bella, une pianiste au look de dame chaisière, à la folie diabolique et à la gentillesse inépuisable. Elle me dénichait des chansons réalistes incroyables que j'apprenais en une journée et que j'exécutais, au sens littéral du terme, en moins de trois minutes le soir même, pour le plus grand plaisir des spectateurs qui se régalaient de notre fausse mésentente et qui, en début de show, répétaient avec moi à tue-tête « Bella est là ? », « Bella est là ? », jusqu'à ce qu'elle surgisse de derrière son piano, rajustant sa jupe plissée et remontant sur son nez d'aigle ses énormes lunettes en écailles blondes.

De *La Vipère du trottoir* à *Je me pique à l'eau de Javel*, des *Nuits d'une demoiselle* à *N'comptez pas sur moi pour me montrer toute nue*, je massacrais avec allégresse toutes ces chansons, les entrecoupant d'histoires drôles que nous testions chaque après-midi avec la bande, dirigée par Vicky qui se chargeait également de me trouver les costumes les plus aberrants. La chanson la plus réclamée, un triomphe assuré, était *Tel qu'il est, il me plaît*. Je la chantais à un client que j'avais assis sur le piano et que je secouais comme un vieux prunier, à la plus grande joie du public. Le spectacle était chaque soir différent et le public, fidèle.

Être sur scène était un plaisir intense. Je n'avais aucunement l'impression de travailler, j'existais, j'étais regardée, j'avais conquis ma place. Dire : « Excusez-moi d'être là » n'avait plus lieu d'être.

À la fin de la première semaine, Jacky, patronne du club, satisfaite de mes prestations, me demanda si je voulais rester jusqu'à mi-septembre. Les copains hurlèrent de joie quand je leur transmis la bonne nouvelle.

Cette amitié qui nous liait perdurait malgré les choix différents que nous avions faits au sortir de notre turbulente et revendicative adolescence. Ils semblaient tous avoir accepté le mien, mais certains, qui pourtant, durant toutes ces années, m'avaient parlé au féminin en m'appelant déjà

Galia, avaient du mal à m'appeler autrement que Domino. Ils s'accrochaient à ce prénom comme des koalas à leur eucalyptus natal. Cependant, je dus leur expliquer avec humour mais fermeté que refuser de prononcer mon pseudo ou me traiter au masculin, c'était nier ma nouvelle vie, faire preuve d'une grave intolérance et d'un manque de respect qu'ils n'eussent pas accepté de recevoir en retour.

*

Un soir, Bonux, l'un des garçons de la bande, me demanda si j'avais des nouvelles de ma famille. Sa question me surprit. Tous savaient que j'étais partie sans rien dire, ni à mon père, ni à ma mère, la situation étant très compliquée. Mes parents avaient divorcé après avoir eu quatre enfants, avaient fondé de nouvelles familles et avaient eu chacun six nouveaux gamins, dont les derniers n'avaient pas deux ans. Aînée de cette nombreuse fratrie, j'étais persuadée que mon départ ne serait rien d'autre qu'une bouche de moins à nourrir. Comment avouer à mon père, qui me voyait déjà grand avocat, mon « tendre drame », ou comment le dire à ma mère, qui m'avait affirmé, un jour, qu'elle préférerait tuer son enfant plutôt que le voir vivre homosexuel ?

— Pourquoi cette question, Bonux ?

— J'ai rencontré ta sœur, Dany, qui me demande chaque fois de tes nouvelles. Quand je lui ai dit que tu étais à Marseille, elle m'a demandé si je pouvais l'aider à te rencontrer. Elle attend ta réponse.

Ma petite sœur. Elle avait cinq ans quand on nous avait séparées. J'étais partie avec mon père, elle avec ma mère, chacune avec un de nos frères. Nous n'avions pu grandir ensemble et sa démarche me déstabilisait. Qu'allait-elle me dire ? Que pouvait-elle me vouloir, me reprocher ?

On sonna à la porte du club, il était 15 heures. On était en pleine répétition. Vicky partit ouvrir. Dehors, il faisait plein soleil. À contre-jour, je vis s'avancer à ses côtés une frêle silhouette. C'était Dany. Son franc sourire et ses yeux pétillants effacèrent immédiatement toutes mes appréhensions. En quelques mots justes, malgré ses dix-sept ans, elle sut me rassurer, me dire combien elle avait craint que je refuse de la voir, et m'avoua qu'elle n'était nullement étonnée par le cours qu'avait pris ma vie. Depuis toujours, elle savait que j'étais une artiste. Elle resta tout l'après-midi avec nous, pas davantage, car il fallait qu'elle soit rentrée avant 19 heures. Personne ne savait et ne saurait qu'elle m'avait revue. Je lui fis promettre de revenir me voir. Elle me serra dans ses bras. « Plus jamais nous ne resterons sans nouvelles, me fit-elle promettre à son tour. » Je l'accompagnai jusqu'à son bus. Moi qui me voulais sans famille, j'avais retrouvé ma sœur, une alliée, mon sang. Je ne m'étais jamais sentie aussi forte. J'étais en larmes.

Ce fut un été merveilleux.

Sur la Canebière, les vendeuses à la sauvette proposaient dans des cornets en papier gris les premiers jujubes, signal traditionnel de l'arrivée de septembre, du départ des hirondelles, de la fin du chant des cigales. Je n'étais pas triste de quitter Marseille et mes amis car cette étape m'avait confortée dans mes intuitions ; elle m'avait donné la force de continuer sur ce chemin qui, je commençais à le comprendre, tiendrait plus du parcours du combattant que d'une promenade bucolique. J'avais hâte de me confronter à ces nouvelles épreuves. Tel un Rastignac en jupons, en voyant les cyprès faire place aux chênes et autres feuillus du train qui me ramenait à Anvers, je faisais mienne sa réplique fétiche : « À nous deux la vie ! »

*

Revoir Laurence fut un enchantement. Ma belle rousse à la gouaille parisienne et aux secrètes meurtrissures qui faisaient écho aux miennes était revenue de Cannes blonde et bronzée comme un brugnon. Plus de deux mois que nous nous étions quittées ; pour nous, c'était hier, tout à l'heure. Je lui racontai mon été marseillais, elle me relata avec humour les vicissitudes de son séjour cannois. Après une première semaine idyllique où elle avait gagné énormément d'argent à arpenter la Croisette et l'avait dépensé aussi rapidement en dévalisant les boutiques de la rue d'Antibes, elle avait très vite été rattrapée par la violence qui régnait sur les trottoirs de la cité azuréenne. Elle avait dû se battre contre les « toupies » (c'est ainsi qu'elle appelait ses collègues de travail) qui lui disputaient sa place et lui envoyaient leurs souteneurs, jouer à cache-cache avec la maréchaussée, qui était beaucoup plus sévère qu'à Paris, risquant de passer vingt-quatre à quarante-huit heures au commissariat, assorties d'une amende importante, au point de ne jamais sortir de chez elle sans avoir mis dans son sac à main un duvet. Sans oublier, les demandes scabreuses de ses clients ou les insultes et agressions de petits malfrats en déshérence. Elle ne retournerait plus jamais à Cannes, ni à Paris d'ailleurs ; Anvers était son salut – elle ajouta son « Port-Salut, c'est écrit dessus », faisant allusion à la pub d'une célèbre marque de fromage. L'humour omniprésent pour camoufler les blessures de la vie.

— Pourquoi ne ferais-tu pas du cabaret ? lui suggérai-je.

— C'est facile pour toi qui es jeune et douée ; pour moi, c'est trop tard, je vais avoir vingt-quatre ans. Même si, regarde, j'ai encore de beaux restes, dit-elle en soulevant son pull d'où surgirent deux splendides obus qui n'avaient nul besoin de soutien.

Maud, notre boss, fut particulièrement heureux de nous retrouver et nous accueillit en lançant un retentissant : « *Godverdomme !* Voilà mes Parisiennes. »

Nous reprîmes notre travail et nos habitudes avec bonheur et entrain. Antwerpen me semblait moins terne depuis que j'avais appris que c'était la capitale internationale du diamant. Me promener Vestinstraat, la rue des diamantaires, la rue du rêve, la rue des meilleurs amis de la femme comme le chantait Marilyn Monroe avec une ingéniosité perverse dans *Les hommes préfèrent les blondes*, ce film culte de Howard Hawks, était un pur bonheur. J'adorais y passer des heures à faire, presque littéralement, du « lèche-vitrine » avec Laurence, qui était aussi fan que moi et du film et de la rue.

Un soir où nous dînions à notre hôtel, qui était aussi une sorte de pension de famille pour artistes, Laurence salua avec beaucoup d'empressement un nouveau convive qui venait de s'installer à la table d'hôtes. Un monsieur assez âgé, la cinquantaine bien entamée, l'allure et la tonsure monacales avec dans l'œil une absence abyssale de compassion. Il s'appelait Guy.

Dans le taxi qui nous emmenait au Farm, Laurence me dévoila le pedigree de ce curieux personnage. Son nom d'artiste était Zambella. Il était, au sortir de la dernière guerre, à l'origine de la création à Paris de Madame Arthur et du Carrousel, dont il avait été la vedette bien avant Coccinelle, Bambi ou Capucine qui y régnaient alors. Dans le milieu des transformistes, il était une référence. Il était à Anvers chez Madame Arthur pour deux mois, et Laurence me promit que nous irions l'applaudir le dimanche suivant.

La voir sur scène fut un régal, un fabuleux cours magistral. Il était impossible, miracle du maquillage et de la transformation, de croire que cette meneuse de revue époustouflante, à l'esprit vif, aux répliques acérées, à la silhouette élancée, se déplaçant avec la légèreté d'une libellule et la fière détermination d'un matador, était ce monsieur de cinquante-quatre ans, effacé et taiseux, avec qui nous avions dîné quelques jours auparavant. Sous la lumière des projecteurs, gainée dans un fourreau à sequins noirs, arborant de longs gants de soirée et des bijoux baroques en strass, elle captait toute l'attention du public qu'elle interpellait avec la maestria d'une dompteuse de tigres. Fascinée, je n'avais qu'une envie : la rejoindre dans cette arène qui, je le savais, était le seul endroit où je pourrais m'épanouir, où je pourrais être moi.

Zambella avait dû le sentir. Alors que je le croisai un jour dans les couloirs de l'hôtel, il répondit à mon bonjour par quelques amabilités et ajouta :

« Tu es la copine de Laurence si je ne me trompe ? Elle m'a parlé un peu de toi et m'a dit que vous vouliez devenir des artistes. Venez me voir demain, je verrai si je peux faire quelque chose de vous deux. Il ne suffit pas d'avoir la beauté et l'envie pour réussir dans ce métier, il faut également avoir une présence, de l'audace, et il me semble que vous n'en manquez pas. »

Je remontai quatre à quatre les marches et courus chez Laurence. Elle était en train de poser ses bigoudis, cigarette au bord des lèvres et déshabillé en mousseline rose. Une vraie star. Avant même que je puisse lui demander quoi que ce soit, elle me dit en riant :

— Tu es bien pâle, aurais-tu vu un fantôme ? Peut-être même plusieurs ?

— Je viens de rencontrer Zambella, il m'a dit qu'il nous attendait demain.

— Il faut savoir provoquer sa chance, ma petite fille. Je lui ai raconté ton audition malheureuse, et ton rêve intense de faire du cabaret. Je lui ai aussi parlé de mon projet de reconversion. Il serait d'accord pour nous aider, nous régler éventuellement des numéros. Évidemment, tout cela a un prix, mais avoir la grande Zambella pour prof, cela n'en a pas.

Laurence avait raison j'étais prête à tous les sacrifices.

Zambella nous reçut dans sa suite. Je présentai mon strip-tease charleston, qui ne le convainquit pas vraiment, puis il nous demanda de défiler sur une musique très entraînante s'échappant d'un tourne-disque portable. Il soulignait le tempo en frappant dans ses mains. « Belles silhouettes. Il y a du potentiel, mais il va y avoir du travail... beaucoup de boulot pour dégrossir tout ça. »

Il se dirigea vers deux immenses panières en osier qui avaient attiré mon regard dès mon entrée dans la pièce. Il ouvrit l'une d'elles, en extirpa une magnifique robe 1900 en velours noir, ornée de grands motifs en jais et dont le faux tablier était bordé de queues d'hermine noire et blanche, tout comme les grands gants de soirée. Trois longs jupons de lin blanc à multiples volants en broderies anglaises, une coiffe d'aigrette et un éventail en plumes d'autruche noires complétaient ce costume de veuve joyeuse. Zambella m'imaginait très bien valsant et me déshabillant sur *Heure exquise* de Franz Lehár, un numéro beaucoup plus élégant et gracieux que la débauche d'énergie de mon charleston. Il ne donnait plus ce show depuis longtemps déjà et me le céda pour un prix très raisonnable. Il m'aiderait à le répéter à raison de trois cours par semaine. L'idée de me faire travailler lui plaisait.

Laurence voulait chanter ; il lui trouva deux robes à paillettes et un superbe manteau en cygne rose qui était du plus bel effet avec sa flamboyante crinière. Elle aussi aurait droit à ses cours particuliers.

*

Nous rentrâmes éreintées de nos premières répétitions. Zambella avait sûrement raté une grande carrière dans l'armée, car sa rigueur était absolue, tant et si bien qu'il aurait pu écrire en lettres d'or sur les murs de son salon : « Cent fois sur le métier remettez votre ouvrage. »

Un soir, alors que je sortais de la salle de bains, Laurence m'attendait, séchoir et fer à friser en main, vestiges de ses années de coiffeuse dans un grand salon parisien. Elle m'entraîna devant le miroir et décréta qu'il était temps de laisser Gertrude dans le placard. Devant mon air ahuri, elle daigna me révéler qui était cette femme qu'elle voulait enfermer. Me traitant de « gourdasse adorée », elle m'apprit que c'était le nom que l'on attribuait, dans notre milieu, à tous les compléments capillaires, donc à la demi-perruque que je mettais chaque soir avec un serre-tête en satin noir. « Il est temps, me dit-elle, de ne plus ressembler à Ludmilla Tcherina » – une vieille ballerine de l'opéra de Paris qui avait dû être la maîtresse de Vincent Auriol, pour ne pas dire d'Albert Lebrun. Mes cheveux, très frisés, ayant poussé, elle allait les lisser et me faire une coupe à l'Aiglon. Le résultat fut si spectaculaire que je courus dès le lendemain m'acheter un Babyliss.

Ma féminité s'accentuait de jour en jour, mais ma libido semblait prendre le chemin inverse, je ne m'en inquiétais pas, ma belle Laurence m'ayant déjà prévenue.

Après plus d'un mois de répétitions intensives, Zambella, très satisfait de mes progrès, me proposa de préparer d'autres numéros de strip-tease car il avait quelques projets pour moi. Avec mon vieux frac, acheté aux puces de Saint-Ouen, un déshabillé en brocard rose et or, une guêpière et des dessous en satin violet qu'il extirpa d'une de ses malles aux trésors, il me créa, sur un célèbre morceau de blues, *Night Train* de Jimmy Forrest, un effeuillage d'une lascivité incandescente.

« Économise un peu d'argent pour t'acheter un costume en plumes et strass, fais quelques photos en studio et apprends une chanson. *Casino de Paris* de Line Renaud te conviendrait parfaitement. Je rentre à Paris à la fin du mois, sois prête pour début janvier car tu passeras une audition chez Madame Arthur. Je sais que tu seras parfaite, je mise sur toi. » J'étais abasourdie, entre joie et larmes. En moins d'un an, j'avais presque atteint l'un de mes objectifs les plus chers : être engagée chez Madame Arthur à Paris, l'antichambre du Carrousel.

Il fallait que je partage mon bonheur avec Laurence.

— J'ai une merveilleuse nouvelle à t'annoncer ma Lolo.

— Moi une moins bonne, ma chérie, je rentre à Paris. Mon père est au plus mal, et je ne l'ai pas revu depuis le jour où il m'a mise à la porte, voilà plus de cinq ans.

Elle était en larmes. Je n'avais plus le cœur à étaler ma bonne fortune. Je la pris dans mes bras. Son désarroi réveilla mes blessures, mes larmes se mêlèrent aux siennes.

Le soir même elle partait. Sur le quai de la monumentale gare d'Anvers, en voyant son train s'éloigner, je me sentis plus seule que jamais.

*

Quelques jours plus tard, ce fut au tour de Zambella de s'en aller. Il me réitéra sa promesse de m'envoyer une lettre dès qu'il aurait la date de mon audition. Il me conseilla de répéter encore et encore mes numéros, me précisant que, dans la vie, le talent n'intervient qu'à 10 % dans la réussite, la chance, à 5 % et le travail, à 85 %.

Aujourd'hui encore, je sais cette équation à 100 % frappée au coin du bon sens.

Chaque jour, au petit-déjeuner qui était servi dans nos chambres jusqu'à midi, privilège accordé par l'aimable direction aux couche-tard que nous étions, j'espérais voir sur le plateau, entre la confiture, les corn-flakes et les tranches de gouda – tradition oblige –, la missive tant attendue.

J'en reçus une autre, bien moins réjouissante. Laurence, dans un courrier poignant, me décrivait les difficultés qu'elle avait rencontrées pour rejoindre son petit village, au fin fond du Berry. Elle avait d'abord dû user de patience, de diplomatie et de soumission pour passer la frontière, mais ce n'était rien à côté de ce qu'elle avait dû subir dans la maison familiale. Malgré l'appui d'une de ses sœurs, son frère aîné l'avait empêchée d'accéder à la chambre où son père s'éteignait, la sommant de quitter les lieux et lui rappelant qu'elle ne faisait plus partie de leur famille. Il était devenu très violent et l'avait jetée à la rue sans que personne n'osât intervenir. Elle était détruite et n'avait pu dire adieu à son père.

Elle m'écrivait de Cannes où elle avait été hébergée par un vieil ami. Elle ne reviendrait plus à Anvers. Elle me demandait d'être très forte, de ne pas faire la même erreur qu'elle, à savoir essayer de revoir mes parents. Selon elle, ils ne pouvaient pas comprendre notre besoin existentiel de changement d'identité ; ils se pensaient coupables d'avoir engendré un monstre de cirque ou de ne pas avoir su nous élever. Elle était persuadée que j'avais fait le bon choix en partant sans laisser d'adresse, et concluait sa lettre en me rappelant que, notre famille, nous saurions la construire : elle avait déjà trouvé une petite sœur… moi.

Je comprenais sa douleur, sa révolte, je les partageais ; pourtant, quelque chose au fond de moi me disait que nous n'avions pas tout à fait raison. Nous étions trop centrées sur nous-mêmes, trop égocentriques, pour analyser avec justesse toutes les conséquences du tsunami que nous avions déclenché. De quel droit devions-nous forcer nos proches à accepter ce qui pour eux n'était pas acceptable ? De même, pourquoi accepterions-nous ce qui, pour nous, était inacceptable ? Je n'avais pas la réponse. Comme toujours, je m'en tirai avec une pirouette en me répétant cette fois-ci la phrase mythique de Scarlett O'Hara, dans le film *Autant en emporte le vent* : *After all, tomorrow is another day…* !

La routine que je m'étais imposée me permettait de voir les jours s'écouler plus rapidement : répétitions, boulot, dodo. Tout devint subitement plus lent quand la nouvelle tant espérée arriva. Belle démonstration de l'élasticité du temps, de sa relativité.

J'avais rendez-vous à Paris le 9 janvier 1970 à 17 heures dans l'atelier de couture de Madame Arthur avec Mme Germaine, la patronne. Comment ne pas y déceler un signe ? Comment ne pas y voir un clin d'œil du destin ? J'auditionnai le jour de mon anniversaire. Nous étions au mois de décembre, mois où, traditionnellement, tous les magazines publient leurs prédictions astrologiques pour l'année à venir. Fidèle lectrice d'*Astre* et d'*Horoscope*, je les découvris avec délectation. Mes planètes étaient alignées. Jupiter me souriait, Mars entrait dans la danse, Vénus se parait de ses plus beaux atours – il n'y avait plus qu'à. Ne dit-on pas que le diable se cache dans les détails ? Plusieurs surgirent.

*

Pouvais-je lâcher la proie pour l'ombre ? Anvers, où j'avais un job, pour un hypothétique engagement à Paris ? Où loger dans cette ville que je ne connaissais pas vraiment ? Le second courrier de Zambella m'offrit sur un plateau les réponses à tous mes questionnements : il m'annonçait que j'avais rendez-vous non pas pour auditionner, mais pour signer mon contrat, et qu'il m'avait trouvé une chambre dans un petit hôtel près de la place Pigalle.

Plus question de tergiverser ; j'exposai à Maud mes raisons de partir. Il m'affirma qu'il était heureux pour moi, que je serais toujours la bienvenue s'il me fallait revenir un jour, même s'il était persuadé que cela n'arriverait jamais. Je restai jusqu'après les fêtes de fin d'année, période d'affluence pour les bars du port. Je lui devais bien ça.

C'est avec tristesse que je quittai Antwerpen où je m'étais émancipée et où, en peu de temps, j'avais définitivement trouvé ma voie.

Il faisait un froid de gueux. Le taxi me déposa rue Houdon, hôtel Pierrot. Mon premier chez-moi dans la capitale. La fenêtre de ma modeste chambre donnait sur la place Pigalle et son célèbre jet d'eau ; une petite salle de bains et un coin cuisine complétaient mon royaume.

Madame Arthur était tout à côté, rue des Martyrs. Sur la façade peinte en rouge opéra et vaguement Art déco de cet immeuble d'un étage, le nom du cabaret, calligraphié à l'anglaise en énormes lettres blanches, ne pouvait qu'attirer l'attention des passants. Une minivitrine où étaient exposées quelques photos ne laissait aucun doute sur la spécificité du spectacle. Un chasseur en costume sombre et casquette siglée au nom du cabaret vous faisait entrer par une porte étroite qui donnait sur un sas où se trouvaient les vestiaires. Une seconde porte s'ouvrait sur une salle de cabaret aux murs habillés de velours noir sur lesquels avaient été brodées des volutes en paillettes argent ; tout au fond, une petite scène que se partageaient les artistes et un orchestre.

J'y travaillais tous les jours de la semaine de 23 heures à 4 heures du matin. Les jours de repos que nous octroyait Mme Germaine étaient rares, mais mon cachet étant de 45 francs par soir, duquel il fallait en ôter 10 pour ma chambre d'hôtel, c'était mieux ainsi pour moi. Grâce à Zambella – j'étais un peu sa protégée –, je m'étais très vite intégrée à la troupe, dont la moyenne d'âge flirtait allègrement avec la cinquantaine. J'étais la plus jeune, la moins expérimentée, et chaque jour apportait son lot d'enseignements et de découvertes.

Côtoyer ces artistes, les voir se maquiller, se transformer, se transcender sur scène, était un privilège dont je ne laissais pas échapper la moindre miette. J'étais fascinée par leur créativité : ils découpaient des faux cils dans des feuilles de papier Canson noires ; enfilaient des caleçons aux hanches rembourrées de Latex sous leurs fourreaux entièrement pailletés à la main ; collaient sur leurs tempes des scotchs reliés par des lacets noués sous leurs perruques, créant un effet liftant immédiat ; se retroussaient le nez avec du collodion, une sorte de colle chirurgicale… J'étais à l'école du music-hall. J'apprenais, j'enregistrais, je m'imprégnais de leur savoir sous l'œil amusé de Zambella, qui se plaisait à dire que j'étais sa découverte – ce qui n'était pas faux.

La grande loge commune se trouvait au premier

étage du cabaret. Un mur qui ne montait pas jusqu'au plafond et qui s'arrêtait aux trois quarts de sa longueur la divisait en deux parties distinctes. Une subtile hiérarchie s'était installée au fil du temps et nul ne pouvait la transgresser. À droite, les plus anciens artistes, à gauche, les derniers arrivants, ou plutôt les « momies » pour les unes et les « folles hormonées » pour les autres – j'étais évidemment du côté de ces dernières. Nous en riions souvent sachant, les uns et les autres, que, bien que reines sur scène, nous n'étions plus que de simples quidams après avoir quitté nos habits de lumière. C'était notre guéguerre des anciens et des modernes version crinolines et minijupes.

Un soir, côté vétéran, Michaëli, accordéoniste au numéro très réussi et populaire dans lequel il apparaissait selon le profil qu'il offrait au public en gentleman au frac noir ou en blonde platinée aux dessous vaporeux, se permit de se plaindre du brouhaha incessant qui provenait du côté des écervelées. Mélina, une jeune et jolie Grecque au français approximatif, mais à la langue bien pendue, s'approcha de lui, l'air tout mignon et compatissant, pour savoir ce qui le dérangeait. Assis devant son miroir, il lui demanda de parler un peu moins fort car ça le fatiguait ; elle se pencha alors à son oreille et hurla : « *Hospital !* », ce qui déclencha les rires de part et d'autre de la cloison.

Nous faisions quatre spectacles par soir. Sur ordre de la police, il était hors de question de descendre dans la salle parmi les spectateurs. Mme Germaine, belle femme à l'allure altière dont on murmurait qu'elle n'aimait pas ses artistes, veillait en vrai Cerbère à ce que cette règle soit strictement appliquée. La loge, comme le disait Zambella, était une ruche. On s'y maquillait, on y tricotait, cousait à la machine, pailletait à longueur de nuit de superbes costumes de scène, fabriquait des faux cils en carton ou en plumes de coq, certains créaient des perruques de théâtre, d'autres répétaient leurs prochaines chorégraphies.

Il y avait, parmi les anciens, des artistes fascinants : Francis Lorry, qui chantait le succès de Félix Mayol, *Les Mains de femmes*, avec tant de conviction que ses pognes se transformaient en de délicats papillons, et qui, pour se chauffer la voix, criait dans l'escalier à longueur de nuit « Du bleu, du bleu », en référence à la couleur de ses yeux et de ses costumes trois pièces beaucoup trop étriqués ; Toinou Coste, qui ressemblait à un moine débonnaire mais se transformait sur scène en une Delyle plus vraie que nature, regrettant son *Moulin de la galette* ; Sylvain, au physique ingrat et à la laideur aristocratique, qui osait, déguisé en vieille duchesse désargentée, chanter d'une voix très haut perchée : « J'ai trouvé le parfum qu'il me faut, le parfum qui convient à ma peau », et qui, dans une dernière œillade, donnait rendez-vous aux spectateurs, écroulés de rire, en ajoutant : « Je vous attendrai dans la salle de bains. » On pouvait également le retrouver dans de nombreux films où il jouait à merveille les valets de chambre, souvent aux côtés de Jeanne Fusier-Gir.

Les reines venaient chaque soir, seulement au premier tableau, nous éblouir de leur beauté, puis elles disparaissaient, sourire aux lèvres, en laissant derrière elles les effluves capiteux de leur parfum, pour aller triompher rive gauche, dans ce temple, objet de tous mes espoirs : le Carrousel de Paris. Elles étaient deux : Bambi et Capucine, héritières incontestées de la sublime Coccinelle, partie à travers le monde jouir de son immense popularité – première transsexuelle à avoir pu se marier en sublime robe blanche en l'église des Abbesses à Paris, elle avait aussi été la première à passer en tête d'affiche à l'Olympia… une pionnière dans maints domaines.

J'étais fascinée par Bambi. Certes, Capucine était une très jolie blonde au chignon banane impeccable, à la distinction d'une Deborah Kerr et au corps correspondant parfaitement aux canons esthétiques des années 1950, mais Bambi, blonde évanescente, longiligne, éthérée, mystérieuse, me faisait rêver bien davantage.

Sur le programme commun aux deux cabarets, on pouvait admirer les photos des artistes qui apparaissaient soit dans des poses lascives et aguicheuses, soit noyées dans une débauche de plumes d'autruche qui mettait en péril la survie de l'espèce. Seule Bambi y avait fait inclure un portrait de trois quarts où l'on pouvait la voir, d'une main élégante et racée, soulever légèrement le rebord d'un chapeau melon ; son cou de cygne émergeait d'une simple chemise blanche et son regard espiègle et clair vous invitait à de troublants voyages. Une audace et une modernité qui me réjouissaient. Je n'y figurais pas encore et redoutais ce moment où l'on me demanderait d'apporter une photo de scène, ainsi que celle de ma carte d'identité en garçon qui, sur le programme, faisait en quelque sorte un « avant-après » spectaculaire et très vendeur.

Un soir, alors qu'elles avaient leurs places attitrées côté « vétérans », Bambi vint me trouver côté « minijupes » pour me dire combien elle était émue de constater à quel point je ressemblais à Coco. Elle ajouta quelques gentillesses et s'éclipsa en me décochant son célèbre sourire boudeur. J'étais scotchée. Mélina, Georgia et Nicole, mes voisines de loge, qui n'avaient pas loupé un mot de l'intermède, m'en donnèrent les clefs. Coco était une splendide métisse germano-éthiopienne qui avait perdu la vie, avec six autres artistes du Carrousel, lors du crash d'un avion au-dessus du Fuji Yama. Mélina, un peu acide, lança : « Les filles, la Galia vient de gagner son ticket pour le Carrousel, elle va nous souffler la place ! Cette fille est dangereuse, mais nous ne nous laisserons pas faire… *Kalispéra !* »

Elle partit en courant dans son costume de soldat Evzone ; Maslowa, l'hilarante présentatrice du spectacle, venait d'annoncer son entrée en scène.

Je n'étais jamais au lit avant 5 heures ; comme le chantait si bien Jacques Dutronc, je me couchais quand Paris s'éveillait. Pigalle, mon hôtel, Madame Arthur, les premières semaines ne me virent guère quitter ce périmètre. Je n'en avais pas les moyens, je n'en ressentais pas le besoin. J'avais tant à apprendre, tant à comprendre.

Je découvris une qualité que je ne me connaissais pas : l'adaptation. Un peu à l'image de M. Jourdain, Le « bourgeois gentilhomme », je la possédais depuis toujours sans m'en être rendu compte. Elle m'avait déjà permis de m'évader d'un milieu qui ne me convenait pas ; couplée à mon instinct de survie, elle me permettait désormais d'esquiver les multiples dangers ou tentations de la vie nocturne montmartroise. Entièrement focalisée sur mon travail, je ne sortais que très peu, et n'apercevais que de loin les baraques foraines sur le terre-plein du boulevard Rochechouart, les voleurs à la tire, les vendeurs de cigarettes de contrebande, qui s'engouffraient ventre à terre dans les rues adjacentes à l'approche des paniers à salade, les filles de joie, les gigolos roulant des mécaniques devant La Nuit, célèbre bar du boulevard où l'*intelligentsia* parisienne espérait rencontrer « Querelle de Brest ». Grâce à mon statut d'artiste de chez Madame Arthur, je pouvais circuler dans le quartier sans me faire arrêter par la police des mœurs ou me faire chambrer par les chasseurs des boîtes à strip-tease. J'étais une des leurs, une de leurs camarades de galère.

*

Un après-midi, j'eus la visite de Fortuna. Elle me reprocha de ne pas lui avoir fait signe dès mon arrivée à Paris et me proposa de revenir m'installer chez elle. Je déclinai, prétextant la proximité de mon lieu de travail. Je savais, depuis la Belgique, que notre cohabitation ne serait plus jamais possible ; inutile de le lui avouer, elle n'aurait pu le comprendre. Je lui affirmai que je ne pourrais jamais oublier combien son aide m'avait été précieuse les premiers mois, et que je ne l'en remercierais jamais assez. Les aléas de la vie nous ayant séparées, j'avais dû me battre toute seule et j'en avais éprouvé une réelle satisfaction. Tous mes doutes s'étaient effacés, j'avais retrouvé mes forces et ne craignais plus l'adversité ; j'étais sur le bon sentier, ce n'était pas le moins escarpé mais le Cid ne disait-il pas : « À vaincre sans péril, on triomphe sans gloire » ? Cette dernière envolée la laissa sans voix. Elle m'emmena prendre un verre au bistrot du coin où, dans une autre vie, reconnut-elle du bout des lèvres, elle avait eu ses habitudes.

*

Ce soir-là, dans la loge, côté « intrigantes poitrinaires », les commentaires allaient bon train. J'appris par Georgia et Mélina que deux nouvelles futures vedettes du Carrousel, rentrant d'une tournée en Norvège, allaient se joindre à Bambi et Capucine pour enrichir l'affiche de notre première partie. M. Marcel, en parfait chef d'entreprise à la tête de six cabarets parisiens, avait bien compris que faire passer quelques sublimes créatures du Carrousel sur la scène de chez Madame Arthur à Montmartre en ouverture du spectacle ne pouvait qu'attirer plus de public dans son club de Montparnasse où, selon la pub, se produisaient « les plus beaux travestis du monde ». Il avait trouvé le truc pour ne pas répondre aux demandes d'augmentation de ses stars : il les faisait travailler plus, pour gagner plus ; chacun y trouvait son compte.

Mais là n'était pas le sujet. À la fin de chacune des représentations, l'ensemble des artistes revenait sur scène. Nous étions nombreux, et tout le monde voulait être en première ligne. L'estrade n'étant pas très grande, nous, les dernières arrivées, les figurantes, les silhouettes, disparaissions derrière les « préretraités » et leurs énormes costumes centenaires. Avec ces deux nouvelles recrues, certains prétendaient que nous, les « sans-grade », ne participerions plus à ce premier final. La révolte grondait, mais personne n'osait aller se plaindre, il fallait d'abord obtenir les vraies informations. Mes copines de loge avaient décidé que c'était moi qui devais aller les chercher auprès de Zambella. La réponse que je leur retransmis les apaisa, me conférant, au sein du groupe, une légitimité rassurante. Chouchou et Cynthia, puisqu'il fallait les nommer, ouvriraient le second tableau et repartiraient aussitôt sans participer au final pour arriver avant la fin du premier show au Carrousel.

J'avais entendu parler de ces deux artistes sans jamais les avoir rencontrées. J'avais vu leurs photos empanachées sur le programme. Elles avaient la réputation d'être ambitieuses et de s'en donner les moyens. Beautés spectaculaires, numéros impeccables montés par Roger Stéphani, danseur-chorégraphe du Casino de Paris, costumes scintillants, esprit pétillant, elles étaient à juste titre les étoiles montantes de la nouvelle génération. Tout le monde en disait grand bien.

Je sortis de scène où je venais de présenter un nouveau numéro ; vêtue d'une simple ceinture de banane, j'imitais Joséphine Baker lors de son arrivée à Paris au théâtre des Champs-Élysées dans la célèbre *Revue nègre*. Grisée par les applaudissements du public et flattée par les compliments de Mme Germaine, elle qui en était si avare, je crus, en arrivant dans les loges, être victime d'une hallucination. Sortant des douches, Marilyn Monroe, seins nus, serviette autour des reins, me souriait. Devant mon air ahuri, elle me dit : « Salut, je suis Chouchou. Toi, tu es sûrement la nouvelle, Galia ? C'est ça ? » Elle était sublime, je devais avoir l'air tarte. Elle me planta là et regagna sa place, côté « momies ».

J'étais devenue très sage, un brin mélancolique. Était-ce dû à mon traitement hormonal, ainsi que me l'avait prédit Laurence, trop loin de moi aujourd'hui ? À la monotonie de ce printemps qui s'annonçait sans soleil ? À la nostalgie de ma turbulente adolescence dans les nuits chaudes de mon Marseille natal ? Certes, je jouissais chaque jour des joies du spectacle, des applaudissements, de la loge et de ses cancans, ses intrigues, ses rires, mais je souffrais aussi de n'avoir personne à qui confier mes espoirs, mes craintes, et même simplement personne avec qui partager ces petits bonheurs du quotidien : admirer Paris du haut du Sacré-Cœur, se balader dans les ruelles de Montmartre, aller voir un film au Gaumont-Palace, place Clichy, qui, disait-on, était le plus grand cinéma du monde. J'étais seule. Depuis toujours, j'aimais la solitude, celle qui vous permet de vous écarter des *stimuli* négatifs du tohu-bohu quotidien, celle que l'on choisit, pas celle qui vous isole des autres, qui vous exclut. Je compris que ce n'était qu'une étape, que l'horizon était radieux, qu'il me fallait simplement réapprendre à aller danser sous la pluie.

« Les dieux de l'Olympe », comme j'aime parfois nommer les astres, les forces invisibles, la providence, ne m'avaient pas abandonnée. Je fus convoquée dans le bureau de Mme Germaine. M. Marcel était là aussi. Pas très grand, le regard vif et rieur qui contrastait avec le sérieux de son allure, il n'était pas du genre à faire de longs discours. Il m'observait en silence, comme un entraîneur jauge son athlète avant une compétition ou sans doute aussi comme un éleveur de bovins aux comices agricoles. Apparemment satisfait de son analyse, il m'annonça que je débuterais au Carrousel dès le lendemain. Il ajouta, non sans malice, pour clore l'entretien, que mon cachet passait de 45 à 55 francs.

En remontant l'escalier qui menait aux loges, je crus que mon cœur allait exploser. La nouvelle de mon transfert était arrivée avant moi, et c'est avec des applaudissements et des embrassades plus ou moins sincères, et des regards envieux, que les artistes m'accueillirent. Chacune d'entre elles savait que seul M. Marcel décidait qui était en mesure d'entrer au Carrousel ou pas, c'est pourquoi la concurrence était rude. On ne devenait pas premier sujet – c'est ainsi qu'on appelait les heureuses désignées – par ancienneté, intrigues ou copinage, et le choix était sans appel.

J'étais sur un nuage. J'avais envie de crier à la terre entière que j'entrais au Carrousel à Montparnasse, 6, rue Vavin. Une partie de mon maigre budget loisir s'envola rapidement en longues conversations téléphoniques avec les copains de Marseille.

J'avais rendez-vous au cabaret à 17 heures pour une répétition avec l'orchestre de Pino Lattuca (il œuvrerait plus tard pour la célèbre émission de télévision *L'École des fans*. Au music-hall, le grand écart est un exercice de survie). Il était adorable et savait, avec élégance et professionnalisme, couvrir les défaillances vocales que nous pouvions avoir. Il y avait une habilleuse, Hélène, qui s'occupait de l'entretien de nos costumes et de nos états d'âme ; elle m'accueillit chaleureusement, me désigna ma place tout en m'indiquant celles de Bambi et Capucine. Sur leur tablette, dans un simple cadre en bois, une photo de groupe, des fleurs et une bougie attirèrent mon attention. C'était la troupe du Carrousel qui avait disparu lors du crash d'un avion au Japon et dont Coco, celle à qui, effectivement, je ressemblais, faisait partie. Elles étaient en robe scintillante et souriaient à tout jamais. Chaque soir, la vendeuse de roses venait fleurir leur mémoire avec les invendues.

La loge était spacieuse et mitoyenne de celles des filles du Elle et Lui, le célèbre cabaret spectacle lesbien qui appartenait également à M. Marcel et qui, par un passage dérobé, communiquait avec le nôtre.

J'avais hâte de retrouver mes nouvelles collègues de travail. Elles étaient plus belles, plus sophistiquées les unes que les autres. Une véritable tour de Babel : des Italiennes, Espagnoles, Américaines, Hollandaises. La moyenne d'âge était nettement moins élevée qu'à Montmartre ; ici, la plus ancienne n'avait pas trente-cinq ans. Je retrouvai avec bonheur Olga Lee, qui me rappela que l'on s'était rencontrées à Marseille où elle m'avait prédit qu'un jour je travaillerais avec elle au Carrousel. Fortuna me dit combien elle était heureuse de ma promotion, en me précisant au passage qu'elle avait été engagée directement, sans passer par la période d'essai chez les transformistes de chez Madame Arthur. Je décelai une pointe de sarcasme dans son allusion, mais pris bien soin de ne pas le lui faire remarquer.

Zaza Dior, perruque blonde, yeux verts, bouche pulpeuse, seins généreux et impertinents comme ses traits d'esprit ; Myriam Shalimar, clone de Coccinelle, qui après une ascension prometteuse, s'était laissé envahir par les kilos superflus et le mal-être d'un chagrin d'amour… En les voyant arriver, je pris conscience que la publicité du cabaret n'était pas mensongère : c'étaient vraiment « les plus beaux travestis du monde ». J'étais fière d'entrer dans la cour des grandes.

J'avais retrouvé la lumière. Mon amitié avec Cendrine (Olga Lee sur scène) m'aida à mieux m'intégrer au sein de cette troupe où la frontière entre admiration et défiance n'était pas très nette. Les *ego* surdimensionnés des unes et des autres, le sens de la repartie, l'humour acidulé créaient un cocktail détonant qui, comme l'étincelle jaillissant de la friction brutale de deux silex, pouvait exploser à tout moment.

Fortuna avait réussi, par son attitude condescendante, à focaliser sur elle une grande partie de cette inimitié. Elle vouvoyait tout le monde et du haut de son mètre soixante essayait de se hisser au-dessus des autres. Sur la porte d'entrée de la loge, une main anonyme avait accroché une pancarte sur laquelle était inscrit : « Attention nain méchant ». Il était évident que cette saillie lui était destinée. Nous n'eûmes pas longtemps à attendre pour découvrir, au cours d'un échange verbal, qui en était l'auteur. Fortuna, toujours très aimable, conseilla à Myriam Shalimar de faire un petit régime ; cette dernière, nous prenant à témoin, hurla que le seul ingrédient qui puisse la faire maigrir était du nain pilé, puis, s'emparant du panache de plumes jaunes de son interlocutrice, elle ajouta : « Ou du nain mayonnaise ! » Les rires qui fusèrent remplirent de joie la belle Myriam, qui quitta la pièce avec la majesté d'une tragédienne grecque. Fortuna venait d'hériter d'un sobriquet qui fit florès au sein du gynécée : « La Naine ».

Contrairement à chez Madame Arthur, nous pouvions, entre deux spectacles, et c'était même une obligation, descendre dans le cabaret. Interdiction formelle, cependant, de nous installer au bar – nous n'étions pas des entraîneuses de Pigalle. Une table nous était réservée, un maître d'hôtel venait y chercher l'heureuse élue qui pourrait aller converser avec ses admirateurs autour d'une bouteille de champagne et de quelques toasts de caviar, foie gras ou saumon selon l'humeur. La vendeuse de fleurs venait proposer roses, cigarettes ou parfums. Ce petit négoce nous permettait d'arrondir substantiellement nos fins de mois. Nous touchions une ristourne sur tout ce que nous consommions, un peu comme à Anvers, et les fleurs et les parfums étaient rendus dès notre retour en loge. Traditions du *Paris by Night*.

Chaque soir, après le dernier spectacle, vers 4 heures, Cendrine m'emmenait faire la tournée des boîtes, restos ou bars d'artistes ouverts jusqu'au petit matin. Elle y avait ses entrées. Comme une petite sœur, je la suivais, émerveillée et docile, n'osant pas la quitter car, après sa huitième bière, elle aurait eu bien du mal à rentrer toute seule. Par chance, elle avait trouvé une chambre dans mon hôtel. Nos virées nocturnes commençaient toujours par le Mini-Métro, une cave transformée en station de métro rue des Ciseaux à Saint-Germain-des-Prés, où Jimmy, le beau propriétaire très efféminé, nous accueillait avec mille compliments et nous installait toujours à la meilleure table en criant à la cantonade que nous étions ses invitées. Nous allions ensuite au Sherry Lane ou au Speakeasy. Une petite faim ? Nous avions l'embarras du choix dans ce quartier où le jour semblait ne jamais vouloir se lever. Au Birdland, avec ses délicieux poireaux vinaigrette, ses rugbymen bien « beurrés » et très entreprenants, rue Princesse, juste en face de chez Castel où nous n'osions nous présenter à cause de la physio redoutable. Ou au Bistingo, rue Saint-Benoît, mon restaurant de nuit préféré, où Carlos, l'adorable secrétaire de Sylvie Vartan, nous recevait avec le même enthousiasme qu'il montrait pour tous ses autres célèbres clients, de Dutronc à Delon, de Hallyday à Polnareff.

En fin de nuit, certains diraient en début de matinée, Cendrine voulait toujours aller prendre un dernier verre rue des Trois-Frères à Montmartre, chez Giovanna, un bistrot quelconque dont l'ouverture tardive était le seul attrait. S'y retrouvait une faune hétéroclite, allant de la michetonneuse des beaux quartiers aux voyous des Batignolles, du gigolo de Pigalle aux tapins des Abbesses, des artistes des cabarets alentour aux petits bourgeois en mal de sensations fortes. Les paumés du petit matin. La patronne, une vraie teigne, tenait son troquet avec une poigne de fer ; elle avait accroché à l'entrée de son établissement une pancarte où l'on pouvait lire : « Interdit aux chiens et aux travelos ». Voilà pourquoi Cendrine tenait tant à s'y montrer : nous n'étions pas des travelos, mais des artistes du Carrousel… ce qui, arbitrairement, nous ouvrait beaucoup de portes.

C'est dans cet endroit, dont je n'étais pas fan, que je fis la rencontre de Loïc. Pour la énième fois, je venais de dire à Cendrine que je voulais rentrer, pour la énième fois elle m'avait répondu qu'on allait partir. « Tu ne vas pas déjà t'en aller Chagnotte ? Je t'offre un verre ? » Un loubard aux allures de James Dean de banlieue, Perfecto noir et santiags bicolores, œil bleu et sourire émail diamant, attendait ma réponse. « Non merci, d'ailleurs je ne m'appelle pas Charlotte ou je ne sais trop quoi ! » Il éclata de rire, s'excusa, et ajouta, en se rapprochant au plus près, que depuis la première fois qu'il m'avait vue, fasciné par l'amplitude de mon sourire, il m'avait baptisée Chagnotte, qui signifie en argot « dent ». Il savait que je m'appelais Galia et que je travaillais au Carrousel. Tandis qu'il me parlait, je comprenais que Laurence avait vu juste : ma libido, après tant de mois, se réveillait. Les heures qui suivirent, malgré mes craintes et mes appréhensions, me démontrèrent que ce genre d'exercice, comme le vélo, ne s'oublie pas. C'était le premier garçon avec qui je rentrais chez moi depuis plus d'un an.

Quand, en partant, il me demanda si on pourrait très vite « remettre le couvert », c'est avec une légère hésitation que je répondis par l'affirmative. Ses expressions imagées, son humour et son insouciance me fascinaient, mais l'idée de sortir avec un gigolo pour hommes ou femmes, fraîchement sorti de prison, comme il me l'avait avoué à l'occasion d'une pause cigarette, ne me réjouissait pas vraiment, même s'il avait été convenu qu'il n'y aurait jamais d'histoire d'argent entre nous, et qu'il n'avait aucun problème à sortir avec une fille comme moi.

Je pris conscience au Carrousel combien être différente était une force. Dans la loge, les dix-huit individualités formaient un clan très soudé, mais sur scène la concurrence était coriace. Toutes ces blondes créatures de rêve se livraient un combat courtois mais sans merci, plumes et strass remplaçant les flèches empoisonnées comme les guêpières se substituaient aux rapières. Tout était sujet à conflit, depuis l'ordre d'entrée en scène jusqu'au petit speech que faisait Gilbert, notre affable speaker, pour nous présenter au public.

Étant la dernière arrivée, brune et de surcroît métisse, je ne représentais à leurs yeux aucun danger dans le concours de « Miss, je-suis-la-plus-belle » et n'étais dès lors l'objet d'aucune animosité. Pour ces reines, je n'étais qu'un simple pion potentiellement nécessaire à leur progression sur cet échiquier où l'échec et mat ne pouvait exister faute de rois. C'est donc en toute sérénité que je m'imprégnais de leur savoir. Chacune d'elles me permettait de progresser, de m'améliorer, de m'épanouir ; leur fréquentation m'était plus que bénéfique. Des affinités se dessinaient, de nouvelles amitiés s'esquissaient. Cygne parmi les cygnes, je glissais avec bonheur sur ce lac inconnu. Je prenais de l'assurance.

Une ou deux fois par an, le Carrousel organisait une grande tournée dans les plus prestigieux cabarets du monde. En faire partie était une étape indispensable pour accéder au statut tant envié de « reine des reines de beauté ». La troupe se composait de sept artistes dont une vedette, Bambi ou Capucine, une présentatrice et cinq « éléments simples » comme les appelait, non sans malice, Zambella. La cerise sur le gâteau était le cachet, car si à Paris il ressemblait plutôt à un comprimé, en tournée, après une âpre négociation avec M. Marcel, il pouvait être triplé voire quadruplé.

Les rumeurs enflaient et Myriam, chaque soir, en entrant dans la loge, prenait des airs de Pythie grecque et clamait : « Les panières grincent ! » Cela signifiait que l'annonce de la prochaine tournée était imminente. Cendrine m'expliqua que les panières étaient de grandes malles en osier pour transporter les costumes et les panaches de plumes du final.

Chouchou et Cynthia, les flamboyantes vedettes en devenir, étaient rentrées d'Agadir où elles avaient triomphé, à titre privé, au Club Méditerranée. Je n'étais pas très fan de la seconde, dont l'humour sur scène, dans l'un de leurs duos, volait au ras des pâquerettes. Chouchou, qui incarnait en quelque sorte le clown blanc, me grisait bien davantage. Blonde aux yeux verts, seins en pomme, taille de guêpe, elle s'inscrivait parfaitement dans les canons de beauté des stars de l'époque, tout en apportant une touche de modernité qui la rendait agréablement différente. Veste bleu ciel à col Mao, pantalon pattes d'éléphant, socles à talons compensés en liège, bronzée comme un brugnon, minois mutin, sans aucun maquillage, elle fit une entrée très appréciée dans la loge. Instantanément le feeling passa entre nous deux. Coup de foudre amical. Avec Chouchou et Cynthia, nous étions toutes les trois Capricorne, pourtant j'avais beaucoup moins d'affinités avec cette dernière. Mon instinct m'incitait à m'en méfier.

Être convoquée chez le boss était pour moi source de stress. Mes vilains démons se réveillaient toujours devant l'autorité supérieure, le sentiment désagréable de ne pas être à la hauteur, de ne pas être appréciée, de ne pas être aimée. Un vieux fardeau que je traînais depuis l'enfance et qui rendait mon chemin encore plus difficile.

Un ami de M. Marcel, Francis le Niçois, venait d'ouvrir un cabaret spectacle à Lyon, La Belle Époque. Pour lancer l'endroit, une troupe du Carrousel allait s'y produire pendant un mois. Chouchou et Cynthia en seraient les vedettes. Il avait décidé qu'avec ma « copine corse » (Olga Lee, il avait beaucoup de mal à se souvenir du nom de tous ses artistes), Ronny Rolls de chez Madame Arthur et une plantureuse Italienne, Giovanna, nous partirions le mois suivant. Panaches de plumes obligatoires pour le final, il m'accordait une avance pour les acheter et doublait mon cachet pour la tournée. Je n'avais rien négocié, trop heureuse de cette promotion inespérée.

La nouvelle se répandit très vite dans la loge et le regard de mes collègues me sembla avoir changé : soudain, j'existais. Chouchou et Cynthia, soucieuses de réussir leur première tournée en tête d'affiche, eurent la bonne idée de nous vendre, à Cendrine et moi-même, leurs anciens costumes de final qu'elles remplacèrent *illico* par d'époustouflantes « Gabrielle » en boas d'autruche blanc et rose et d'immenses cols en plumes de faisan aux couleurs assorties payés une fortune chez Mme Février, l'une des dernières plumassières de Paris, rue du Mail.

Totalement impliquées, nos deux nouvelles vedettes avaient demandé à leur ami, Roger Stéphani, chorégraphe et grand danseur de cancan (il avait collaboré avec Jean-Louis Barrault à la mise en scène de *La Vie parisienne*), de les aider à mettre au point le tableau final. Trois fois par semaine à 16 heures, nous avions toutes rendez-vous au Carrousel pour les répétitions. J'étais très impressionnée et excitée, ne ménageant pas mes efforts pour être au niveau de ces professionnelles. Roger me trouvait très douée, il m'apprenait des tas de trucs pour combler mes lacunes. Je prenais conscience du chemin parcouru en un an. J'étais *in the right place at the right time*. J'étais certes une simple silhouette, mais dans une troupe à l'aura internationale. Je savais que c'était une étape obligée et je n'en grillerais aucune, j'avais toujours été une bonne élève.

Attablée autour d'une bière avec Cendrine, dans un bar du boulevard du Montparnasse, Le Cosmos, où elle avait ses habitudes, tout en dégustant mon traditionnel sandwich jambon-beurre d'après répétition, je n'avais d'yeux que pour un beau garçon qui bousculait un bruyant flipper électrique. Il donnait des coups de hanches secs et virils pour faire rebondir la boule d'acier et de brefs coups de tête pour faire remonter une lourde mèche de cheveux noirs qui s'obstinait à redescendre sur ses yeux.

— J'ai l'impression que tu es sous le charme de Claudie, me dit Cendrine.

— Tu le connais ?

— Non, je « la » connais !

Bouche bée, je regardai le play-boy dont mon amie venait de révéler la vraie nature.

— Tu l'as sûrement croisée dans les loges de Elle et Lui. Elle a un très beau numéro de

« porté » avec Christelle, une danseuse nue des Folies Bergère.

J'avais beau dévisager cette Claudie, je n'arrivais pas à croire que ce mec en costume trois pièces bleu marine à fines rayures tennis, cravate bordeaux négligemment desserrée et mocassins Carville puisse être une femme. « Si tu veux devenir lesbienne, tu as toutes tes chances. »

J'étais troublée. Je venais d'entrevoir ce que pouvait ressentir un spectateur en nous admirant sur la scène du Carrousel. J'eus beaucoup de mal à admettre la correspondance entre les deux situations, encore plus quand, le soir même, le bel éphèbe vint me saluer, torse nu, dévoilant une superbe poitrine à la Sophia Loren. La couleur de ma peau me sauva la mise, une métisse ne rougit pas. Cendrine, friponne, avait raconté ma méprise.

Le départ pour Lyon approchait, nous étions prêtes. Ce mois de préparation m'avait rapprochée de Chouchou. Elle avait la discipline, la rigueur, la joie de vivre et le bon sens terrien qui faisaient défaut à la plupart d'entre nous. Elle habitait un très joli appartement, dans une petite maison avec jardin, rue d'Orchampt, à deux pas de celle de Dalida. Chaque fois qu'elle m'invitait chez elle, j'avais le secret espoir d'apercevoir ma chanteuse préférée au volant de son Austin Cooper.

Chouchou sortait avec un riche homme d'affaires qui subvenait à tous ses besoins. Ce charmant monsieur avait une double vie. Chaque jour, il venait entre 17 et 20 heures lui préparer le dîner, prendre l'apéritif, et retournait chez lui pour y partager le repas du soir avec sa famille. C'était un cuisinier émérite et j'étais ravie de goûter à ses plats. Chouchou s'était prise d'amitié pour moi ; elle était attentive à mes premiers pas de débutante. Elle avait toujours des petites attentions et n'hésitait pas à m'offrir quelques colifichets ou même à me vendre à des prix dérisoires, elle connaissait ma précarité et mon orgueil, quelques fringues qu'elle ne mettait plus, susceptibles de me plaire. Cynthia, qui habitait avec elle, en prenait ombrage. Je n'en avais que faire, ne voulant voir dans ma nouvelle vie que le bon côté des choses.

J'accompagnais moins Cendrine dans ses virées nocturnes, mais nous prenions toujours autant de plaisir à nous retrouver autour d'un poireaux vinaigrette au Birdland à l'heure du laitier. Je voyais Loïc moins souvent, je le trouvais un peu trop pressant et sa façon de me surnommer Bibiche me déplaisait souverainement – j'en arrivais à regretter le temps, pourtant pas si lointain, où il m'appelait Chagnotte.

*

Après cinq heures de train dont deux à la voiture-restaurant où Cynthia et Chouchou nous avaient généreusement conviées, nous fûmes accueillies à Lyon, sur le quai de la gare, par Jacky, superbe et élégante jeune femme blonde, directrice de La Belle Époque. Des voitures nous attendaient pour nous conduire à notre hôtel. Elle confia les bons de retrait de nos panières à deux malabars qui se chargeraient de les récupérer. Je goûtais chaque instant avec délectation, comme une Alice au pays des merveilles.

Nous nous installâmes confortablement dans un superbe petit hôtel bourgeois en plein cœur de la capitale des Gaules, rue du président Édouard-Herriot, puis Jacky nous déroula le programme du lendemain : répétitions à 14 heures, premier spectacle à 23 heures. Ce soir-là, elle ne pouvait dîner avec nous, mais elle avait retenu une table dans une brasserie en face de notre hôtel, qui servait les meilleures huîtres de la ville, nous étions ses invitées. Le séjour s'annonçait sous les meilleurs auspices. Notre show plaisait et, à la grande satisfaction de Jacky, nous reçûmes d'élogieux articles dans la presse locale. Le cabaret était plein tous les soirs et ce succès nous comblait de joie.

Cendrine sortait beaucoup moins après le spectacle. Il faut dire que Lyon *by night*, excepté le week-end, n'était pas très festif après 3 heures du matin ; à part le buffet de la gare, tout était fermé. Du coup, tous les après-midi, avec Chouchou et Cynthia, nous partions à la découverte de la ville et le musée de la Soie ou celui des Beaux-Arts n'avaient plus aucun secret pour nous – j'y retournai même seule pour traîner dans le département des antiquités égyptiennes. Un jour où j'étais absorbée dans la contemplation d'un grand pectoral en or massif serti de pierres précieuses multicolores, un importun me dérangea. « Vous aimez les bijoux ? » J'eus envie de lui répondre sèchement, mais en découvrant son regard bleu acier, son allure sportive et son sourire séducteur, je marmonnai une fadaise du style : « Comme toutes les femmes », que je regrettai aussitôt.

— Je ne pense pas que toutes les femmes viennent les admirer dans les musées.

— C'est le seul endroit où, en temps normal, elles peuvent le faire sans être dérangées par des inconnus, rétorquai-je.

Il s'excusa et se présenta. Je ne retins que son prénom, qui fleurait bon les senteurs transalpines : Manfredo. Je lui souris en me gardant bien de lui donner le mien, je pensais que toute la ville avait vu la pub dans les journaux locaux et je ne tenais pas à dévoiler mon secret dans ma vie de tous les jours. Il me tendit sa carte de visite, il était joaillier et serait ravi de me recevoir dans ses ateliers à Paris. Prétextant un manque de temps, je déclinai son invitation à aller prendre un verre et, devant son insistance, en le quittant, je lui révélai mon nom.

Sur le chemin du retour je me rendis compte que j'étais l'otage d'un corps que je détestais, qui m'empêchait d'avoir les relations amoureuses que toute jeune fille de mon âge était en droit d'espérer, qui me marginalisait. Comment construire sur une imposture ? Comment mentir à l'être désiré ? La nature m'avait joué un sale tour, à moi de rectifier le tir. J'avais résolu une partie de l'équation, en ne sortant qu'avec des garçons que je rencontrais sur le lieu de mon travail, qui savaient qui étaient les filles du Carrousel. Pourtant je n'en retirais aucun bonheur. Leurs motivations me paraissaient très ambiguës. Qui voyaient-ils en moi ? Un fantasme hyper-féminisé que l'on jette comme un Kleenex après usage ? Le garçon avec lequel ils ne seraient jamais sortis s'il n'avait pris l'apparence de cette pin-up affriolante leur permettant d'assouvir leurs penchants homosexuels les plus inavoués, les plus refoulés ?

Je ne voulais pas être leur alibi, je ne voulais pas être le jouet de leurs fantasmes. La réponse était en moi. Il fallait que je cesse de me chercher dans le regard des autres. La solution existait. Faire le grand voyage que mes aînées avaient accompli et que Fortuna, qui m'avait téléphoné la veille, allait entreprendre. Une vaginoplastie. Il y avait cependant un obstacle : le prix astronomique des honoraires que réclamait le docteur Burroughs, qui officiait à Casablanca. Fortuna avait réussi à réunir la somme, elle partait à la fin du mois.

Je rentrai à l'hôtel en séchant mes larmes qui avaient coulé sans que je m'en rende compte, plus que jamais déterminée à trouver les moyens de vivre mon rêve.

Dans la loge, le départ de Fortuna pour le Maroc était le sujet principal de toutes les conversations. Les avis étaient tranchés, définitifs, catégoriques : c'était une très mauvaise idée. L'opération était dangereuse, les suites, désastreuses et l'absence totale de plaisir qui en résultait étaient une certitude. Jouant les candides, je me permis de faire remarquer que Coccinelle, Capucine ou Bambi ne semblaient pas être en manque de joie de vivre. Elles paraissaient bien au contraire très épanouies et n'étaient pas les dernières à rire de tout.

Chouchou, sentencieuse, clôtura le débat en affirmant que nous avions plus intérêt à être des femmes avec un petit quelque chose en plus, plutôt que de nous fondre dans la masse anonyme des femmes biologiques. La loge applaudit son bon sens terrien. Ce petit quelque chose, je n'avais qu'une hâte : m'en débarrasser au plus vite, d'autant que, d'une façon incongrue, il vint se rappeler à mon bon souvenir.

La sonnerie du téléphone m'extirpa d'un sommeil très profond. Un œil sur le réveil me mit de mauvaise humeur. J'aboyai :

— Qui est à l'appareil ?

— Pardonne-moi ma chérie, je te réveille ?

C'était Dany, ma petite sœur, qui m'appelait de Marseille. Je n'avais pas envie de lui expliquer que, ne me couchant jamais avant 4 heures et ayant besoin comme tout un chacun de huit heures de sommeil, je ne me levais jamais avant midi. Neuf heures du matin, pour moi, c'était le cœur de la nuit. Ce n'est pas pour rien que la réception avait laissé passer cet appel malgré mes recommandations, il s'agissait d'une urgence : les gendarmes étaient venus me chercher chez mon père ; n'ayant jamais répondu à leurs multiples convocations pour être incorporée et effectuer mon service militaire, j'étais recherchée en tant que « déserteur ».

Abasourdie, sidérée, il me fut impossible de me rendormir. Assise dans mon lit, yeux grands ouverts dans la pénombre, j'essayais de trouver une issue à ce cauchemar. En quittant Marseille, un peu plus d'un an auparavant, j'avais fait un trait sur mon passé de « petit garçon », et voilà qu'il ressurgissait dans des circonstances des plus déplaisantes. Étudiant, j'avais bénéficié d'un sursis. Ayant tout abandonné en quittant ma ville natale, je n'avais, bien sûr, laissé aucune adresse où faire suivre mon courrier.

Chouchou, ange gardien et cheffe de troupe attentionnée, auprès de qui je m'étais confiée, m'emmena à La Belle Époque voir Jacky, qui m'obtint pour le lendemain un rendez-vous avec son avocat.

L'entrevue fut rassurante et le maître du barreau lyonnais, très courtois et charmeur, m'assura qu'il réglerait l'affaire dans la semaine. Il n'avait d'yeux que pour Chouchou qui m'accompagnait. Il nous escorta jusqu'à l'ascenseur en nous promettant de venir très vite assister au spectacle avec quelques amis. « Manfredo, je t'emmène demain soir voir mes copines du Carrousel chez Jacky, lança-t-il à son copain qui sortait de l'ascenseur. » C'était le bel Italien que j'avais rencontré au musée des Beaux-Arts. « Bonjour Galia, je savais que je vous retrouverais. » J'étais mortifiée à l'idée de ce qu'allait lui raconter le baveux. J'entraînai rapidement Chouchou dans la cabine en lui rappelant à haute voix que nous avions des répétitions dans moins d'une demi-heure. « Galia, tu connais ce type ? »

Je lui raconte en deux mots les circonstances de notre rencontre. « Il t'a donné sa carte de visite et tu n'as pas cherché à savoir qui il était ? » Je lui explique ma réticence à nouer des liens avec des mecs rencontrés en dehors du cadre de notre travail, surtout quand je ressens pour eux autre chose que de l'amitié… Devoir leur avouer mes différences m'était insupportable. Je préférais ne plus jamais les revoir et me réjouir à l'idée qu'ils m'avaient draguée comme on drague n'importe quelle jolie fille. « Pas du tout d'accord avec toi, mais sache que tu peux voir sa photo sur papier glacé dans tous les magazines à la rubrique “Jet-set”. C’est l’un des plus grands joailliers du monde et un play-boy aux innombrables conquêtes. Si, comme tu me l’as dit, il ne t’a vue qu’une fois et qu’il se souvient de ton prénom, tu as dû sérieusement lui taper dans l’œil, ma petite fille. »

Son sourire en disait long sur les suites qu’elle aurait données à cette affaire, mais je n’avais pas son assurance, son expérience, et encore moins son sex-appeal. « Tu te sous-estimes, ma poupée. Il va falloir que je t’apprenne à te servir de tes atouts. C’est normal, à ton âge, moi aussi, j’étais un peu cruche. » Elle éclata de rire quand je lui répliquai :

— Tant va la cruche à l’eau qu’à la fin, elle se *case* !

— Ton humour, c’est de l’or ! Ton autodérision te sauvera de toutes les mauvaises situations, c’est ta force. Tu dois en abuser sans modération. Pour le reste, il y a du boulot, mais je relève le défi, foi de Chouchou, tu seras une femme fatale, ma fille.

*

En homme de parole, l’avocat revint quelques jours plus tard faire la fête au cabaret avec ses amis. Entre deux coupes de champagne, il m’annonça avoir réglé mon affaire. Il avait réussi à obtenir des autorités militaires une convocation devant une commission de réforme à Marseille le

2 novembre. Jusqu'à la fin de mon contrat, je n'avais plus à m'inquiéter. Ce ne serait qu'une simple formalité, ma présence y étant cependant indispensable. Je le remerciai chaleureusement ainsi que Jacky, qui venait de se joindre à nous. « C'est une merveilleuse nouvelle que nous devons célébrer. Champagne pour tout le monde ! » s'écria-t-elle en levant son verre pour porter un toast au meilleur avocat de Lyon.

Elle connaissait bien ses clients, et sa générosité avait un seul but : réveiller la leur. Elle avait vu juste, le champagne coula à flots tout au long de la soirée.

La belle Cendrine avait tenu à m'accompagner dans ce moment délicat. Nous nous étions installées pour trois nuits dans un petit hôtel rue Saint-Saëns, quartier de l'Opéra, à Marseille. J'avais rendez-vous le lendemain à 8 heures à la « caserne des Catalans ». Rien n'aurait pu nous empêcher d'aller faire la fête au Paradou, boîte où tout avait commencé, où Cendrine m'avait prédit que je la rejoindrais.

Toute la bande était là : Vicky, Alexandre, Illico, Armand, Vivian, Alain, Yvette, Jacquie et même Lady Jane, qui y avait fait son grand retour. L'accueil fut à la mesure de l'événement. On fêta sans modération « la Quille », comme disent les jeunes recrues.

Couchée à 4 heures, je me présentai au planton de la caserne à 8 heures, fraîche et pimpante dans ma robe droite en cuir blanc, manteau assorti, chaussures à petits talons bleu marine, sac en bandoulière de même couleur, cheveux tirés en queue-de-cheval. Le quidam me demanda la raison de ma venue tout en précisant, avec un sourire concupiscent (j'aurais pu l'écrire en trois mots), qu'aucune visite féminine n'était autorisée. Je lui expliquai que je venais rectifier une malencontreuse erreur qui me valait la convocation que je lui tendais. Devant l'incongruité de la situation, il s'empressa de téléphoner à ses supérieurs qui dépêchèrent un jeune aspirant pour me conduire au cabinet du docteur militaire. Ce dernier me reçut très aimablement et après une rapide vérification de mes papiers d'identité, me rassura en me confirmant que la commission de réforme répondrait de façon positive à ma légitime requête. En me raccompagnant jusqu'à la porte, il me recommanda de revenir avant 14 heures pour passer la première devant le Conseil de révision.

Je rentrai rapidement à l'hôtel et me recouchai aussitôt, soulagée que cela se soit passé aussi bien. Trop soulagée. À mon grand désarroi, lorsque je rouvris les yeux, il était 14 heures. J'enfilai en catastrophe des cuissardes, une minijupe, un top noir et me jetai dans un taxi qui me déposa à la caserne où le même refus d'accès me fut formulé par un autre planton. Je renouvelai mes explications sans que cet énergumène, la main sur la couture du pantalon, le neurone coincé sur le règlement, ne comprenne visiblement un iota de ce que je lui disais.

À bout d'arguments, excédée, je dus lui dire en lui tendant ma carte d'identité que je venais me faire réformer, que j'étais attendue. On vint me chercher. On traversa une salle d'attente où se trouvait une quarantaine de jeunes gens espérant tous échapper à la terrible incorporation. Les sifflets et les réflexions scabreuses fusèrent à mon apparition. Évitant soigneusement les regards, je me laissai escorter jusqu'à la porte derrière laquelle siégeaient les haut gradés. Ces messieurs aux uniformes débordants de décorations multicolores, le nez plongé dans leurs dossiers, n'eurent besoin que de quelques brèves minutes pour décréter que je n'étais pas apte à entrer dans la prestigieuse institution dont ils faisaient partie et dont ils étaient les garants. Dans leurs yeux, je lus l'effroi, la désapprobation, la détermination et leur sentence sans appel : « Pas de ça chez nous. »

En sortant de la salle, je me retrouvai face à la meute qui m'y avait vue entrer, et qui, bien sûr, en connaissait désormais la raison. Un silence pesant. Des regards pas vraiment sympathiques. Il fallait que je fasse quelque chose. Rassemblant toute mon énergie dans une attitude altière, tête haute, sourire triomphant, je levai mes deux bras en V comme pour le final du Carrousel et je hurlai un victorieux : « Je suis réformée ! », qui me valut les cris, les hourras, les sifflets et un tonnerre d'applaudissements de ces garçons qui espéraient décrocher le même trophée.

J'avais pris un plaisir intense à traverser cette foule que j'avais su dompter. Pour profiter davantage de ce moment rare et précieux, au lieu de me jeter dans un taxi, j'attendis sagement un bus face à la caserne. La vie venait de me démontrer qu'aucun sommet n'est infranchissable si notre volonté est infaillible. Il ne me faudrait pas faiblir, la route était encore longue, et pour m'aider, je ne devrais jamais oublier cette citation de Sénèque, retenue grâce à mon merveilleux professeur de philo du lycée Nord à Marseille : « Ce n'est pas parce que les choses sont difficiles que nous n'osons pas, c'est parce que nous n'osons pas qu'elles sont difficiles. »

Le soir même, au Paradou, la fête n'en fut que plus belle.

M. Marcel, très satisfait du succès lyonnais, décida d'envoyer la même troupe à Nantes le mois suivant. J'étais aux anges ; comme le dirait mon astrologue préféré, André Barbault : mes planètes étaient alignées. Alors que Cynthia aurait dû se réjouir de sa bonne fortune, elle menaça de ne pas partir, prétextant l'absence d'intérêt qu'elle trouvait à une destination si peu attrayante. Chouchou, sa belle partenaire toujours diplomate, s'échina à arranger les choses. Un compromis fut trouvé : M. Marcel augmentait leur cachet et assurerait leur participation à la prochaine tournée internationale. Mon admiration pour « la belle des belles », ainsi que Chouchou était présentée lors de ses apparitions sur scène, s'en trouva décuplée.

Je dois reconnaître que le séjour nantais en ce mois de décembre fut des plus ennuyeux. Il n'y avait vraiment rien à faire de jour, sous le crachin breton, comme de nuit, dans ce cabaret qui répondait au nom prémonitoire de Moulin à vent. La routine s'était vite installée et le public, présent en nombre seulement en fin de semaine, ne nous réjouissait pas davantage, nous faisant regretter amèrement nos folles soirées lyonnaises. L'idée d'être obligées d'y passer les fêtes de fin d'année était une véritable torture.

Loïc vint me rejoindre un week-end. Ce fut un véritable fiasco. Il avait eu la gentillesse de m'apporter un cadeau. Je ne pus cacher mon effroi quand je découvris une immonde poupée que l'on peut gagner sur les stands de tir des fêtes foraines. Sa coiffure Pompadour, sa large robe parme incrustée de grandes fleurs violettes, son sourire niais et ses bras ballants réveillèrent en moi un cruel sentiment d'incompréhension. Comment osait-il m'offrir cette horreur ? Je lui fis une telle scène qu'il repartit sur-le-champ, sans un mot, pour la capitale.

*

La nouvelle année et la frénésie parisienne me firent vite oublier ce séjour au goût déplaisant de beurre salé, qui, pour une Marseillaise pur jus élevée à l'huile d'olive, était une hérésie gustative.

Un après-midi, Chouchou vint me rejoindre à mon hôtel. J'étais très heureuse de l'y recevoir. Nous habitions toutes les deux Montmartre, mais c'était la première fois qu'elle me rendait visite. Autour d'un Nescafé, elle m'expliqua qu'elle avait réussi à faire ajouter mon nom sur la liste des artistes qui allaient partir pour une très grande tournée en Asie. Elle m'assura que Cendrine ferait partie de la troupe et m'avoua combien elle était heureuse de me savoir à ses côtés. Elle était toutefois un peu déçue que les imprésarios aient choisi Capucine comme tête d'affiche plutôt que Cynthia et elle. Elles ne seraient que les vedettes américaines, mais elles étaient bien décidées à leur faire regretter leur choix.

Capucine, Chouchou, Cynthia, Galia, Cendrine, Laurence Daury, Les-Lee, ainsi se composait l'affiche de la prochaine grande tournée du Carrousel. Nous avions toutes été convoquées dans le bureau de M. Marcel qui nous mit habilement la pression. Nous allions être les ambassadrices du Carrousel de Paris dans les plus grandes capitales asiatiques et, à ce titre, il comptait sur nous pour être irréprochables et donner le meilleur de nous-mêmes. Singapour serait notre première étape, puis viendraient Bangkok, Hong Kong, Tokyo, Manille, Djakarta. D'autres capitales étaient en option selon notre succès, mais il était persuadé que ce dernier serait au rendez-vous. Pour mettre toutes les chances de notre côté, il avait chargé, à ses frais (chose rarissime, nous payions toujours nos costumes et la chorégraphie de nos numéros), Roger Stéphani de créer un prologue et l'atelier de couture de chez Madame Arthur de nous faire les costumes.

J'étais aux anges. Je n'avais jamais pris l'avion, voilà que j'allais m'envoler à l'autre bout du monde, dans ces villes aux consonances enchanteresses qui avaient nourri mes rêves d'enfant. J'allais découvrir les ports de pays lointains dont je ne connaissais que les timbres, collés sur les rares lettres que nous envoyait mon père, marin au long cours de la compagnie des Messageries maritimes. Moins d'un an auparavant, je faisais mes premiers pas au Carrousel ; j'avais du mal à croire que j'allais danser sur les scènes des plus grands cabarets d'Asie.

Deux ans plus tôt, sur le quai de la gare Saint-Charles à Marseille, je n'aurais jamais pu imaginer une telle ascension. Ces larmes qui coulaient le long de mes joues et que j'essuyais distraitement étaient l'expression d'un bonheur intense, celles de la satisfaction de ne pas m'être trompée de route, même si je savais pertinemment qu'elle serait encore très longue et semée d'embûches.

Durant les répétitions, je pus mieux faire connaissance avec Les-Lee et Laurence Daury que je n'avais pas beaucoup eu l'occasion de fréquenter.

Laurence Daury, sympathique brunette de trente ans, se produisait dans un numéro de music-hall assez exceptionnel. C'était une cracheuse de feu. Sur la marche des trompettes d'*Aïda*, en petite tenue pseudo-égyptienne, elle dansait langoureusement, se caressant le corps avec de grandes torches enflammées. Au final, elle brandissait de longs goupillons incandescents qu'elle éteignait en les avalant ou ravivait en leur soufflant dessus. Spectaculaire. Elle nous en avait dévoilé l'astuce : seules les émanations du produit utilisé s'enflammaient ; dès qu'elle mettait en contact les flambeaux avec sa peau, la partie qui la touchait, n'émettant plus de gaz, s'éteignait, et le coton imprégné du produit était froid puisque n'ayant jamais brûlé.

Les-Lee serait notre MC, comme il aimait se définir, notre maître de cérémonie, celui qui présenterait et animerait le show. C'était un très beau Canadien, frisant la quarantaine, blond, l'œil bleu, très extraverti et, disait-il, issu de l'école américaine. Sur scène, en femme, malgré ou grâce à son corps d'athlète, il avait une allure époustouflante, impressionnante. Son humour très anglo-saxon et sa parfaite maîtrise de la langue anglaise nous seraient des plus utiles.

Quant à Capucine, bien que nous la côtoyions quotidiennement, elle avait toujours gardé ses distances, forte de son statut de vedette et surtout du fait que, contrairement à nous, « simples éléments », elle faisait partie, avec Bambi, Coccinelle, Fortuna récemment et quelques rares anonymes, du cercle restreint et très fermé de celles qui avaient fait le Grand Voyage. Elle tenait beaucoup à nous faire sentir cette différence ; n'avait-elle pas osé placarder dans les toilettes de la loge une affichette où l'on pouvait lire : « Messieurs les travestis, vous êtes priés de vous asseoir lorsque vous utilisez les WC des dames » ? Un drame avait failli éclater et les excuses exprimées du bout des lèvres ne firent qu'accroître la sourde rivalité qui existait entre elle et la majorité de la loge.

La compagnie Air India, partenaire de la production asiatique de la tournée, nous prit en charge dès notre arrivée à Orly. Escortées par de délicieuses hôtesses de l'air en sari soyeux multicolore, nous ne rencontrâmes aucun problème avec la douane ou la police des frontières. Par le hublot de l'avion, c'est sans appréhension que je vis disparaître au loin la tour Eiffel.

À l'escale de Bombay, Chouchou, qui avait pris un somnifère, fut dans l'incapacité de descendre. Par chance, nous devions poursuivre le voyage dans ce même avion, elle put donc y rester. En descendant la passerelle, et même à 3 heures du matin, je fus saisie par la chaleur torride et l'odeur âcre et désagréable qui s'immisçait jusque dans le salon de transit. Sur le tarmac, j'eus un choc en voyant cet appareil aussi grand qu'un immeuble de cinq étages. Comment pouvait-il voler ? Question puérile.

Après une deuxième escale à Calcutta, Capucine, peinte comme une voiture volée, nous rejoignit au fond de l'avion pour nous annoncer que nous étions attendues par des journalistes à l'aéroport de Singapour. Il nous restait deux heures pour nous changer et nous maquiller avant d'atterrir. Les hostilités allaient commencer. Les quatre éléments – terre, feux, air, eau, soit Chouchou, Cynthia, Galia, Cendrine – s'unirent pour offrir leur plus beau feu d'artifice.

Une belle surprise nous attendait au pied de la passerelle : Adamo et Eva, un couple de danseurs vedettes du Casino de Paris, que nous connaissions du Elle et Lui. Ils terminaient leur contrat dans le cabaret où nous allions débuter et avaient tenu à nous accueillir et à nous aider à nous installer au mieux.

La direction du Tropicana's Orchid Lantern et le chef d'escale d'Air India nous accompagnèrent jusqu'au salon VIP, à la rencontre des journalistes. Nous dévisageant d'un œil noir, Capucine nous chuchota :

— Vous auriez pu faire un effort vestimentaire, mesdemoiselles.

— Tu aurais aimé qu'on se déguise comme toi en vieille rombière faussement chanélisée ? Nous sommes trop jeunes pour ça. Heureusement que nous sommes là pour apporter un peu de modernité à ce vieux Carrousel qui se repose sur des lauriers qui s'amenuisent de jour en jour, rétorqua Cynthia.

Les photographes nous mitraillèrent ; nous affichâmes nos sourires les plus éclatants et mîmes un terme à cette brève et sèche première passe d'armes. Contrairement à ce que pensait notre starlette, je nous trouvais très en beauté. Chouchou et Cynthia, dans leurs longues robes exotiques à volants, l'une bleue et blanche, l'autre chocolat et blanche, Cendrine et moi dans nos ensembles chemise-pantalon Cacharel, rose pour elle, vert amande pour moi. Cynthia avait dit vrai, le tailleur blanc gansé de gros-grain noir, le chemisier noir et le rang de perles ajoutaient dix ans à Capucine. Étant la plus jeune, je me gardai bien d'en faire la remarque, mais je n'en pensais pas moins.

Au cours de l'interview, une autre rivalité, à laquelle nous ne nous attendions pas, se dessina. Capucine étant la vedette, les questions en anglais lui étaient prioritairement adressées. Seulement elle ne maîtrisait pas cette langue, obligeant Les-Lee, qui était bilingue, à voler à son secours. Ce dernier se montra si brillant que, le lendemain, les articles de presse le mirent en valeur. Cela déplut évidemment grandement à notre star, mais ravit les quatre chipies que nous étions.

*

Eva et Adamo nous firent découvrir la petite maison qui nous avait été réservée, proche du théâtre. Nous étions deux par chambre, sauf Capucine qui avait le privilège d'être seule dans la sienne. Un cuisinier et deux employées de maison se montraient attentifs au moindre de nos désirs. Je n'avais jamais connu un tel confort. Le dépaysement était total et dans tous les domaines.

Le soir même, nous étions conviées au Tropicana's Orchid Lantern pour dîner et assister au spectacle qui nous précédait. Robe du soir obligatoire. Ce qui n'empêcha pas Chouchou d'arriver en pantalon noir à pattes d'éléphant, veste à col Mao blanche, nombreux colliers à perles multicolores, cheveux relevés dans un savant désordre, ceints d'un foulard indien, telle une hippie chic débarquant tout droit de Woodstock. Quelle audace ! Elle était divine.

Cynthia avait eu la bonne idée de poser sur ses épaules dénudées un boléro en vison blanc qui lui donnait une allure folle et la protégeait de la climatisation à 18 °C. J'étais morte de froid dans ma longue robe de brocard or et orange, bras nus. Capucine, impeccable avec son haut chignon de boucles blondes, tenait son rang. Les-Lee, en smoking, chemise à jabot de dentelle, était le chevalier servant de Cendrine, à croquer dans une robe chinoise turquoise mettant en valeur son incroyable cambrure, et de Laurence Daury, délicieuse dans sa toilette en broderie anglaise. À la table des dirigeants de cet énorme complexe, nous étions parfaites.

J'étais impressionnée par la taille de la scène, digne des Folies Bergère, et par la hauteur des deux escaliers sur les côtés, qu'il allait falloir descendre lors de notre prologue. Où était ma petite piste de danse du Paradou et la miniscène du Carrousel ? Je prenais vraiment conscience du chemin parcouru.

*

Une excitation mêlée d'appréhension régnait dans la grande loge commune. Les hauts miroirs encadrés d'ampoules incandescentes de nos tables de maquillage reflétaient nos silhouettes parées de costumes de lumière et nos sourires carminés. Les-Lee, en salopette pailletée bleu turquoise – assortie à nos shorts échancrés et brassières pigeonnantes –, crinière blonde à la Doris Day hyper-laquée, fit un signe de croix et lança un tonitruant : « *Showtime !* et ajoutant le geste à la parole, *Let's go girls… !* » Le spectacle pouvait commencer.

Le succès fut immense, à tel point que M. Sue, le maître des lieux, se déplaça dans la loge pour nous féliciter et nous annoncer qu'il confirmait notre résidence pour un mois supplémentaire. Il était accompagné d'une escouade de jolies Malaisiennes chargées de nous offrir des corbeilles d'orchidées fuchsia comme je n'en avais jamais vu – il faut bien avouer que je n'avais pas encore vu grand-chose, mais j'allais me rattraper !

Au sein de la troupe, les clans s'étaient formés naturellement. L'âge avait créé un clivage : d'un côté, Les-Lee, Capucine et Laurence Daury ; de l'autre, Cynthia, Chouchou, Cendrine et moi.

La complicité entre Chouchou et moi grandissait de jour en jour ; nous avions les mêmes goûts, les mêmes priorités. Tandis que Cynthia et Cendrine traînaient et buvaient plus que de raison après le show, nous rentrions dès le spectacle terminé. Levées à 11 heures après un délicieux petit-déjeuner, nous courions bronzer au bord de la piscine du Malaysian Hotel. Les deux belles de nuit nous y rejoignaient beaucoup plus tard et nous racontaient leurs aventures nocturnes.

J'aimais partir à la découverte de cette ville mystérieuse qui venait, depuis peu, de s'extraire de la domination de l'Empire britannique. Les palaces le Good Wood ou le Raffles nous recevaient comme des stars de cinéma ; à l'heure du thé, nous appréciions y retrouver l'atmosphère coloniale des intrigues d'Agatha Christie, espérant, secrètement, y rencontrer son célèbre Hercule Poirot.

Après la piscine, nous partions toutes les quatre nous balader à travers les différents quartiers de la cité. Le quartier hindou et ses temples polychromes, ses marchandes de guirlandes de fleurs odorantes, de saris, de bijoux en or vingt-quatre carats, de colifichets dont nous étions si friandes. Le quartier chinois – où nous avions acheté d'étranges tongs en bois laqué noir à bandelettes de velours rouge, qui semblaient susciter l'admiration des passants mais se révélèrent, à notre grand dam, des chaussures d'homme –, avec ses marchés aux senteurs fortes et inconnues, aux denrées surprenantes et même choquantes à nos yeux d'Européennes aux préjugés colonialistes. Il faut reconnaître que nous n'étions pas prêtes à déguster des cloportes grillés, du serpent en ragoût ou, comble de l'horreur, d'adorables petits chiots qui, embrochés, faisaient le bonheur des gastronomes locaux. Le Tiger Palm Garden nous réconciliait avec cette culture si raffinée ; siroter un Coca-Cola dans l'une de ses improbables paillotes faisait notre bonheur.

Encore sous influence anglaise, les établissements de nuit ne pouvaient plus servir d'alcool après 2 heures du matin. Toute règle comportant toujours une exception, Singapour, port international, avait trouvé une solution. Un soir, après le spectacle, Cynthia et Cendrine, noctambules invétérées, nous entraînèrent avec Chouchou à Boogie

Street. Une rue en L fermée à ses deux extrémités par un cordon de police qui en surveillait les accès. De grandes tables d'hôtes en travers de la chaussée, des bancs pour s'y asseoir, des guirlandes d'ampoules tendues entre les immeubles donnaient à cet espace des faux airs de fin de banquet ou de foire d'empoigne. Sortis des bâtiments qui longeaient cette voie, des *boys*, dans une sorte de ballet ininterrompu, s'affairaient à servir une foule de marins venus des quatre coins de la planète pour y engloutir des tonnes de victuailles, des tonneaux de bière et autres tord-boyaux dans la chaleur torride d'une nuit tropicale. Je n'étais pas très à l'aise. Dès notre arrivée, trois jeunes garçons nous accueillirent. C'étaient nos gardes du corps, diligentés par le cartel qui gérait cet endroit unique au monde, nous expliqua l'un d'entre eux. Rassurée et candide, je ne pus m'empêcher de comparer cette rue à un quartier populaire de mon enfance, l'Estaque, où, installés à des tables similaires, nous dévorions d'immenses plateaux d'oursins. Avec humour, Cynthia me fit remarquer que la clientèle n'était certainement pas la même et que je n'avais pas pu y vivre ce qui allait s'y passer.

Dans le brouhaha et la torpeur – il faisait bien 30 °C –, un coup de gong interrompit les rires alcoolisés et les échanges oraux de cette nouvelle tour de Babel. À chaque entrée d'immeuble apparurent dans une parfaite synchronisation de très jeunes créatures de rêve couvertes de paillettes, fourrures, soies et voiles transparents laissant deviner des atouts maîtres et en dissimulant d'autres, moins féminins. Peintes comme des idoles, longs cheveux de jais ou extravagantes perruques blondes, au second coup de gong, telle une envolée de moineaux, elles se dispersèrent à travers les tablées à la recherche d'un Benjamin Franklin Pinkerton, le mari volage et généreux de Madame Butterfly, qui leur permettrait d'être les plus belles demain et les jours suivants.

L'une d'entre elles vint s'asseoir à notre table. Elle s'appelait Suzie, belle Chinoise à la blancheur d'albâtre et à l'allure altière. Elle était, en quelque sorte, la mère supérieure de ce couvent très particulier. Dans un français approximatif, elle nous remercia d'être venues les rencontrer alors qu'elles n'avaient pas le droit, en tant que *females impersonators*, c'est ainsi qu'on les appelait ici, de sortir de leur quartier et de venir applaudir notre spectacle comme elles auraient tant aimé. Suzie avait appris notre langue à l'université et était amoureuse de Paris sans jamais y avoir mis les pieds. Un troisième coup de gong venait de retentir, signalant aux *ladies boys* (on les désignait aussi ainsi) qui n'avaient pas trouvé leur prince charmant qu'il était temps de disparaître avant le prochain qui, dans trois quarts d'heure, retentirait. Nous étions dans une maison close à ciel ouvert.

Si loin de Paris, retrouver la même stigmatisation me révéla combien notre combat était difficile et universel, combien nous étions, filles du Carrousel, des privilégiées, porteuses d'espoir pour toutes nos petites sœurs opprimées à travers la planète. Avant de quitter le royaume de ces jeunes pousses singapouriennes, Cynthia leur fit une promesse. Quelques jours plus tard, nous eûmes l'autorisation de recevoir, au cours d'un cocktail organisé dans notre résidence, Suzie et quatre de ses amies. Je n'oublierai jamais leurs remerciements et leurs regards emplis d'une pudique reconnaissance.

*

Un soir, Capucine nous annonça que nous étions invitées à déjeuner le lendemain par le sultan de Johor. Elle comptait sur nous pour être prêtes à 13 heures et donner une belle image de notre troupe.

Astiquées comme des sous neufs, excitées comme des puces, impatientes de rencontrer ce prince dont nous ne savions rien sinon qu'il était très riche, nous élaborions, en riant, mille stratégies de séduction qui agaçaient la belle Capucine. Pensant rejouer un remake du *Roi et moi*, ce merveilleux film aux multiples Oscars avec son idole, Deborah Kerr, elle voyait ses espérances compromises par quatre bêcheuses, ressemblant étrangement aux sœurs de Cendrillon et n'ayant aucunement l'intention de lui laisser la moindre chance de parvenir à ses fins.

Trois limousines escortées par des motards en uniforme nous conduisirent au palais de Sa Majesté.

Dès l'apparition de ce vénérable patriarche, harnaché comme pour passer en revue sa garde royale, toutes velléités de conquête s'évanouirent comme rosée au lever du soleil. L'œil opalescent semblant regarder sans voir, les paupières lourdes et encore pleines de sommeil, la lèvre inférieure humide et pendante, la silhouette maltraitée par les années, donnant une impression de lassitude, de fatigue intense, il nous accueillit dans son « humble » logis qui ne comportait pas moins de quelques dizaines de pièces.

Sur une terrasse ombragée, dominant une immense pelouse verte ressemblant plus à un green de golf qu'à un parc propice aux promenades méditatives, la table était dressée. Nous étions une trentaine de convives. Sans nous prêter la moindre attention, Son Altesse s'empiffrait. Les-Lee nous indiqua à la fin du repas que le sultan nous attendait tous les sept dans un petit salon pour une entrevue privée.

Affalé dans une sorte de fauteuil en argent massif finement ciselé et capitonné de velours pourpre, il nous fit signe de nous installer autour de lui. Par l'intermédiaire de son traducteur assis à même le sol, il nous posa quelques questions sans vraiment en écouter les réponses. Après avoir tiré quelques bouffées de son narguilé aux subtiles émanations d'encens, musc et autres herbes qui ne parvenaient pas à en masquer une autre plus familière à nos narines post-soixante-huitardes, il décida de nous faire visiter, au pas de course, quelques-unes de ses résidences. Persuadées que la finalité de cette rencontre était le prêt, pour le restant de notre séjour, d'une de ces somptueuses villas, nous nous chamaillions à chaque nouvelle visite pour choisir notre chambre.

En fin de journée, alors que nous passions l'énorme porche gardé par des soldats en grande tenue, le doute n'était plus possible : nous revenions au palais. Il nous montra son zoo privé, ses écuries, ses innombrables voitures de sport, ses Rolls-Royce, ses Aston Martin et sa collection de voitures anciennes, puis il nous entraîna dans un grand salon d'apparat où, surveillées par quelques robustes gardes du corps, nous eûmes le droit d'admirer les joyaux de la couronne. Les gros boutons de diamant pour les uniformes de gala nous laissèrent sans voix. Satisfait de nous avoir fait découvrir ses richesses, comme un gamin qui nous aurait montré ses jouets, il nous donna congé. Sans autre forme de procès, le cuistre nous renvoyait rêver dans notre petite maison de fonction et ne vint jamais nous applaudir au Tropicana's Orchid Lantern.

Nous étions à Singapour depuis bientôt deux mois et il nous fallait penser à notre prochaine étape. J'avais beaucoup changé au cours de ces huit semaines. Au sein de ce cocon qu'était notre troupe, j'avais pris de l'assurance. Comme la benjamine d'une famille nombreuse, j'avais su emprunter à chacune de mes aînées ce qui me semblait être le meilleur : la rigueur de Capucine, la douceur de Cendrine, l'ambition de Cynthia, le professionnalisme de Les-Lee, la nonchalance de Laurence Daury et l'épicurisme, associé à un solide bon sens, de Chouchou. Je me sentais mieux armée. Mon foutu complexe d'infériorité, que je traînais depuis tant d'années, tendait à disparaître, tout comme le souvenir de mon reflet masculin dans le miroir de la salle de bains. Singapour fit office de répétition générale ; j'étais prête à affronter la suite de la tournée. Prochaine escale : Bangkok.

*

Sachant que les journalistes nous attendraient à notre arrivée en Thaïlande, nous embarquâmes parées comme des déesses dans l'avion d'Air India. Les regards admiratifs des douaniers et de la gent masculine nous confirmèrent, s'il en était besoin, que nous étions « au top ».

Nos petites sœurs de Boogie Street avaient tenu à nous offrir avant notre départ un magnifique bouquet d'orchidées, souvenir de notre rencontre. Cynthia les arbora comme un trophée jusqu'en haut de la passerelle de l'avion, où, jouant à la star, elle salua d'un signe de main joliment gantée pour dire au revoir à ses nombreux admirateurs – ce qui nous fit mourir de rire car il n'y avait personne sur le tarmac. Cela donna des idées à Les-Lee qui, à notre arrivée, s'empara du bouquet pour faire une entrée remarquable dans le salon où nous attendait la presse. Cynthia, sourire maléfique au bord des lèvres, ne dit rien. Lorsque nous eûmes passé les différents services de police et la douane, elle s'approcha de notre MC et lui déclara : « Tu peux garder les orchidées, je te demanderai seulement de me rendre l'emballage en papier d'aluminium, car, à l'intérieur, les filles de Boogie Street ont dissimulé un paquet d'herbe qui, tu t'en doutes bien, ne peut être de Provence. »

Était-ce la chaleur ou une nouvelle ruse pour attirer l'attention des journalistes ? Les-Lee s'écroula de tout son long. Nous comprîmes au bruit creux de son crâne sur le marbre du hall de l'aéroport que c'était la terreur rétrospective d'avoir échappé à des années de prison qui l'avait renversé.

*

En ce début des années 1970, Singapour, que nous quittions, avait encore des saveurs surannées de vieille ville provinciale, hésitant entre traditionalisme et modernité. Bangkok, ayant échappé aux pudeurs de vieille rombière anglaise, avait au contraire embrassé à bras-le-corps, si j'ose dire, la modernité. Base arrière des Américains embourbés dans le conflit vietnamien, la ville avait su profiter avec pragmatisme des retombées collatérales, sans renier son passé ; elle mettait en avant la richesse de sa culture bouddhiste millénaire et la délicatesse de son hospitalité légendaire.

Voir, dans les rues grouillantes et affairées, passer placidement de jeunes moines en robe jaune, orange, ocre, bourgogne ou violet foncé me rappela encore une fois à quel point j'étais loin de Paris. Sourires et bonheur de vivre éclairaient le visage de tous nos interlocuteurs. Ici, ma couleur, mon métissage n'étaient plus un handicap. Étrangères mais pas étranges. Découverte qui me permit de me débarrasser un peu plus de cette idée inconfortable et pénalisante de ne pas être à ma place. La chenille rampante commençait à tisser son cocon.

Capucine, en tant que vedette du show, avait été installée au palace Montien Hotel. Le reste de la troupe était logé dans un petit établissement moderne, tout à côté, le Rose Hôtel, au grand dam de Cynthia qui acceptait très mal ce qu'elle considérait comme une injustice. Nos chambres individuelles étaient spacieuses et confortables. Chouchou et moi étions au même étage. Nous dormions très souvent chez l'une ou chez l'autre, prolongeant jusqu'au petit matin nos papotages nocturnes.

Notre spectacle au Café de Paris rencontra un succès fou, au point que nous nous vîmes décerner par la presse locale l'oscar du meilleur show, faisant ainsi la nique aux filles du Lido qui concouraient dans la même catégorie. Une couverture médiatique qui révéla aussi au grand jour la guéguerre insidieuse que se livraient Capucine et Les-Lee. Le paroxysme fut atteint lorsqu'un journaliste eut l'outrecuidance de consacrer une page entière de son canard à une interview de notre MC, le désignant comme *la* véritable star du Carrousel. Réaction immédiate de Capucine qui refusa le soir même de participer au final. Les-Lee eut beau lui présenter ses excuses, lui certifier qu'il n'y était pour rien, elle n'en tint aucunement compte et exigea un contre-article dans les plus brefs délais, chose que lui obtint le directeur du Café de Paris. Chouchou, Cynthia, Cendrine et moi fûmes priées de participer à la séance photo qui en illustrerait le propos. Les quatre chipies prenaient du galon. Les photos et l'article apaisèrent le courroux de notre diva.

*

Nous n'avions pas le droit de rejoindre la salle du cabaret, qui ne désemplissait pas d'un public cosmopolite, à majorité masculine, même après le spectacle. Un soir, dans les coulisses, Cynthia nous en dévoila la cause. En face de nos loges, côté jardin, un couloir menait à une énorme porte en bois massif percée, à hauteur d'homme, d'un important judas grillagé. En regardant par cette minuscule fenêtre, on pouvait découvrir une grande salle d'attente où plus de cent cinquante jolies Thaïlandaises un peu trop maquillées souriaient et minaudaient, semblant vouloir séduire une caméra imaginaire dont l'objectif se trouverait précisément dans l'axe de nos yeux. Elles portaient toutes, épinglée à la bretelle de leur minirobe, une cocarde enrubannée sur laquelle on pouvait lire un numéro. Après la représentation, les clients du Café de Paris pouvaient ainsi venir choisir les filles qui les accompagneraient à leur table et plus, paraît-il, si entente avec la direction. J'eus la désagréable impression d'être au Salon de l'agriculture.

*

La discothèque du Montien Hotel était la plus chic de la ville. Nous y étions accueillies chaque soir comme des stars hollywoodiennes. Une clientèle huppée – heureux mélange de jet-setteurs, de jeunes officiers américains et autres touristes habitués des palaces internationaux –, désireuse, pour un temps, d'échapper à la promiscuité des bars et des salons de massages du quartier tout proche de Patpong, aimait y retrouver une atmosphère plus occidentale. Nous étions les reines du dancefloor. Les tubes des Beatles, des Doors, d'Earth, Wind & Fire nous emportaient dans des chorégraphies effrénées. Les prétendants ne manquaient pas, et si mes camarades de loge en appréciaient la compagnie, ils n'attiraient que peu mon attention. Bien entendu, mon attitude détachée attisait leur désir et la barrière de la langue me permettait de les tenir à distance.

L'un d'eux, Tom, un jeune *top gun* pilote de l'armée américaine en permission à Bangkok, était tombé fou amoureux de Chouchou. La belle, sachant pertinemment que son jeune godelureau était à mille lieues de connaître l'intime secret des filles du Carrousel, n'acceptait jamais de le laisser franchir la porte de l'hôtel où, en parfait gentleman, il la raccompagnait après un dernier verre. Un soir, pourtant, grisée par l'assiduité du beau militaire, par la chaleur torride de ces nuits de mousson tropicale ou par l'abus de cocktails alcoolisés, elle se retrouva dans sa chambre avec l'entreprenant jeune homme. Oubliant toute prudence, elle succomba à son charme.

— Mais tu es folle ! Sans l'avoir prévenu, tu l'as laissé te déshabiller ?

— Sache, ma petite Galia, que dans ce genre de situation, tu dois te fier à ton instinct. Bien sûr, par mille petites ruses, j'ai essayé d'éviter qu'il ne promène ses mains là où il valait mieux qu'elles n'aillent pas, mais son excitation et la mienne allant croissant, ce qui devait arriver arriva.

— Et alors ? lui demandai-je, angoissée.

— Naturellement il évita l'objet d'une possible discorde et ce fut une nuit de folie. Je le revois ce soir. Il sait qui je suis, mais son attirance pour moi est plus forte que ses préjugés.

Cynthia, toujours avec son langage fleuri, crut bon d'ajouter :

— Bite qui bande n'a pas d'âme !

— Amis de la poésie, bonjour ! lança Chouchou en riant.

J'admirais l'audace de la belle, mais je refusais de me retrouver dans une telle situation. Elle s'en était très bien sortie, mais combien d'histoires avais-je entendues dont l'héroïne s'était retrouvée aux urgences de l'hôpital dans un très sale état. Je me promis à nouveau de ne jamais sortir avec un garçon qui ne serait pas au courant de la vraie nature de la « princesse ».

Comme toujours à l'étranger, les Français se regroupent. Nous avions fait la connaissance d'un charmant garçon, fils d'un ancien ambassadeur de France à Bangkok, qui, amoureux de ce beau pays et de ses traditions, s'y était installé définitivement. Il nous avait invitées chez lui, au bord du Chao Phraya, le fleuve qui traverse la ville et qui, d'ailleurs, en est l'artère principale. À travers une multitude de petits canaux, la longue barque à moteur dans laquelle nous étions montés nous faisait découvrir le quotidien de cette population souriante et pleinement heureuse de ses conditions de vie qui, à nos yeux de Parisiennes pasteurisées, semblaient totalement archaïques. Sa maison, en bois sur pilotis, avec son élégant toit effilé, était une réplique exacte des habitats traditionnels thaïlandais. Tout y était d'un goût exquis et propice à la sérénité, à l'introspection, au bonheur des sens.

Nous assistâmes également à l'inauguration d'un nouveau temple bouddhiste sur une petite île au milieu du fleuve. Jean-François, notre hôte, nous indiqua la présence de *katoï*, personnages indispensables dans ce genre de manifestation, car censés apporter bonheur et prospérité. Quelle fut notre stupeur quand nous découvrîmes que ces poupées aux costumes richement brodés de fils d'or, aux gestes délicats et aux coiffes dressées sur leurs têtes au port altier, étaient de tout jeunes éphèbes. Nous ne pûmes que rendre grâce à cette civilisation qui voyait en ses travestis des porteuses de messages célestes.

Ce soir-là, nous avions décidé avec Chouchou de dormir dans sa chambre, son beau pilote américain étant parti en mission. Avec délice, nous avions enfilé nos pyjamas et enduit nos visages d'une épaisse couche de *cold-cream*. J'avais tiré mes cheveux frisés et indisciplinés sur le dessus de la tête dans un énorme rouleau jaune, ce qui faisait mourir de rire ma belle copine qui n'était pas moins clownesque avec son sparadrap collé sur son tout nouveau nez, censé en préserver le retroussement si parisien. Ainsi accoutrées, nous étions prêtes à bavasser et à rire jusqu'au petit matin, mais c'était sans compter sur l'ardeur et l'impatience de son jeune amant, revenu plus tôt que prévu de sa mission vietnamienne.

La porte de la chambre s'ouvrit brusquement – Chouchou avait oublié de mettre le verrou. La silhouette de Tom s'encadra dans l'embrasure. Le reconnaissant, Chouchou s'enfouit sous les draps afin d'ôter son sparadrap. Moi, j'étais pétrifiée, imaginant je ne sais quelle situation incongrue. L'Américain, hors de lui, hurlait des insultes qui, même si mon anglais était limité, ne pouvaient être que d'une grande vulgarité. Je crus comprendre d'ailleurs deux mots qui revenaient régulièrement : *black* et *fuck*. Chouchou, libérée de son pansement, refit surface et tenta de calmer l'énergumène. De mon côté, n'écoutant que mon courage qui ne me disait rien, je pris mes jambes à mon cou et filai à l'anglaise. Je sus le lendemain que son Texan avait pensé que nous nous adonnions à des plaisirs saphiques ; il avait été sidéré qu'elle puisse réaliser ses fantasmes avec une Black. Raciste et con, cela allait de pair. Je refusai d'accepter les excuses qu'il eut l'outrecuidance de me présenter.

Même si nos amis thaïs nous avaient prévenues, atterrir au cœur d'une forêt de gratte-ciel provoqua chez moi une émotion aussi forte que celle que j'avais aimé ressentir sur le super grand huit blanc de la fête foraine de mon enfance. Hong Kong regorgeait de découvertes extraordinaires pour une jeune Marseillaise qui, il faut le dire, n'avait voyagé jusqu'alors qu'à travers les livres de Jules Verne, de Jack London ou les quelques rares reportages en noir et blanc qu'offrait la télévision française. Habiter dans un superbe hôtel sur Nathan Road à Kowloon était un pur bonheur. Je ne connaissais pas New York, mais j'en avais là un réel avant-goût à la sauce chinoise.

Nous devions nous produire dans deux cabarets différents : le High Ball et le Mocambo. L'un était à Kowloon et l'autre, sur l'île de Hong Kong. Pour rejoindre le second, nous embarquions tous les soirs, peintes comme des idoles égyptiennes, sur l'un des nombreux star ferries qui effectuaient la traversée en moins d'un quart d'heure ; un trajet qui ajoutait encore plus d'exotisme et de mystère à ces divines nuits de Chine.

Avant même la première, nous reçûmes l'obligation de donner notre spectacle devant une commission de censure composée de militaires à la mine sévère et en grand uniforme de parade. Tout au long de la représentation, un photographe nous mitraillait. Le show-manager nous communiqua le verdict de la commission : nous étions autorisées à monter sur scène à condition de ne jamais nous défaire de nos soutiens-gorge et de porter des culottes hautes que la direction nous fit fabriquer en moins de deux heures.

Nous savions que les Chinois étaient d'excellents copistes – M. Marcel avait d'ailleurs chargé Capucine de lui faire fabriquer une vingtaine de chemises selon un modèle qu'elle avait emporté de Paris –, leur célérité nous donna des idées pour dupliquer nos vêtements, nos chaussures et cuissardes préférées à des prix défiant toute concurrence.

Dingues de shopping, nous écumions les Emporiums chinois, sortes de Galeries Lafayette où l'empire communiste exposait et vendait aux touristes étrangers, dans cette enclave britannique, une foultitude d'objets introuvables chez nous : porcelaines, bols en émail, valises en papier mâché, parapluies en bambou et toiles enduites, et mille autres bimbeloteries totalement inutiles, mais à nos yeux indispensables pour agrémenter la panoplie d'une parfaite globe-trotteuse.

*

En une semaine, les rues de la ville n'avaient plus aucun secret pour nous et les plages de l'autre côté de l'île, comme Big Wave Beach, étaient devenues nos solariums préférés. Nous y allions en bus, mêlées à la population locale qui nous dévisageait avec curiosité, n'ayant pas souvent l'occasion de voir les touristes emprunter ce mode de déplacement.

La plage sublime se trouvait au bout d'un petit sentier ; des tentes à rayures vertes et blanches parfaitement alignées nous permettaient de nous changer à l'abri des regards indiscrets ou de prendre une collation tout en nous protégeant des rayons du soleil qui pouvaient parfois devenir insupportables.

Toujours très volubile et sans filtre, la belle Cynthia nous racontait avec force détails croustillants ses exploits amoureux de la veille pendant que nous enfilions nos bikinis. Cendrine, Chouchou et moi-même, captivées et insatiables, en redemandions toujours, obligeant la belle, qui ne boudait pas son plaisir, à nous dévoiler des situations scabreuses qui auraient été interdites aux moins de dix-huit ans dans les cinémas.

Soudain, elle s'arrêta net dans le récit de sa nuit câline quand nous entendîmes une voix masculine surgir de la tente voisine et demander, dans un excellent français, à Janine, sa moitié, où était la crème solaire.

Nous n'osions plus sortir de notre abri de toile, à la fois mortifiées et mortes de rire à l'idée de nous retrouver nez à nez avec le quidam qui avait sûrement tout entendu. C'est Chouchou qui donna le feu vert en criant : « *Go, girls, go !* » Dans une course digne des sprinteuses aux Jeux olympiques de Mexico, nous traversâmes la plage pour nous jeter dans les vagues salvatrices de la mer de Chine.

*

Quelques jours avant notre départ, pour nous remercier du franc succès que nous avions obtenu dans leurs cabarets, les directeurs nous invitèrent à déjeuner sur un bateau restaurant mythique du port d'Aberdeen, le *Tai Pak*. Nous embarquâmes sur une barque et traversâmes un authentique village flottant, puis arrivâmes sur le ponton de ce restaurant bleu, rouge et or envahi par de gigantesques dragons. En bonne place trônaient les photos de John Wayne, Elizabeth Taylor, William Holden, et même une de la reine d'Angleterre ; des clients prestigieux de cet endroit magique. Dans un immense vivier, à l'arrière du bateau, on nous encouragea à pêcher d'énormes langoustes qu'une brigade de cuisiniers saurait nous préparer de mille et une façons.

Au centre de l'immense table ronde qui nous accueillait, un plateau tournant débordait de plats plus étranges les uns que les autres. Capucine nous avait bien recommandé de nous servir de chacun d'eux afin de faire honneur à nos hôtes. À l'énoncé des différents mets – œufs de cent ans, nids d'hirondelles, ailerons de requins et autres victuailles exotiques et insolites –, je me gardai bien de suivre les directives de notre vedette qui, elle, s'en délectait. Je m'aventurai à saisir, avec mes baguettes en ivoire, un beignet qui me semblait être aux crevettes, mais la consistance visqueuse m'en donna un démenti écœurant : c'était une huître. Chouchou me montra ma serviette pour que je puisse m'en défaire discrètement. Je pus, tout de même, me régaler avec le canard laqué, dont on ne mangeait que la peau, divinement craquante, enroulée dans une crêpe de riz, ou avec les délicieuses langoustes délicatement parfumées aux épices les plus rares.

Hong Kong me laissa un merveilleux souvenir. Pour notre quatrième mois de tournée, nous partions au Japon.

Ce fut plus difficile de retrouver la même empathie à Tokyo. Le public japonais était beaucoup moins chaleureux, très discipliné, peu démonstratif, un peu enfermé dans le carcan de sa culture millénaire. J'avais beaucoup de mal à percevoir le véritable sentiment des habitants derrière leur sourire de façade. Une barrière invisible rendait la communication compliquée. Dans les rues et artères de la capitale nippone, traverser hors des clous était proprement impensable, emprunter la mauvaise file était perçu comme une incivilité et, sans ménagement, vous étiez repoussé dans le sens de la marche. Les us et coutumes étaient si différents que plus d'une fois j'eus l'impression d'avoir atterri chez des extraterrestres. Voir les femmes s'effacer devant les hommes jusqu'à leur ouvrir la porte de leur voiture me parut aberrant. On nous expliqua qu'elles étaient les reines dans le huis clos de leur foyer, mais qu'à l'extérieur, elles devaient se plier à la règle qui voulait que l'homme fût leur seigneur et maître.

Un soir, j'eus l'occasion de me trouver confrontée à une telle situation. Nos copains musiciens italiens avec qui nous avions travaillé à Singapour – ils nous y avaient fait découvrir les Beatles et, pour certaines, les glaces napolitaines – étaient en contrat dans une discothèque de Ginza, assez éloignée de notre night-club, le New Latin Quater, situé au sous-sol du prestigieux New Japan Hotel, à Akasaka, où nous logions. Les rues n'étant pas numérotées, les chauffeurs de taxi refusant systématiquement de parler anglais, pour les raisons que nous connaissions, et puisque nous avions de surcroît beaucoup de mal à déchiffrer les plans pourtant rédigés en japonais, c'est dans un état d'exaspération extrême que le quatuor infernal (Cendrine, Chouchou, Cynthia et moi-même) se retrouva dans le hall d'une immense tour au vingt-septième étage de laquelle se produisaient nos jeunes amis.

Nous attendions sagement devant l'ascenseur quand trois énergumènes voulurent passer devant nous lorsque la porte s'ouvrit. Nous fîmes front. L'un d'eux, qui nous arrivait à hauteur de seins, éructa dans un anglais parfait : « Vous êtes au Japon et ici les femmes sont numéro deux. » Le toisant de toute ma hauteur – 1,76 mètre –, je lui rétorquai de ma plus grosse voix : « Nous sommes françaises et chez nous, les hommes viennent après les enfants, en numéro trois ! » La porte se referma sous leurs yeux interloqués et nos rires vengeurs.

*

La ville était gigantesque et d'une modernité absolue. Dans les rues grouillantes, les costumes occidentaux côtoyaient naturellement les tenues plus traditionnelles. Au cœur des forêts de buildings se trouvaient enclavés des quartiers de maisons typiques d'où il n'était pas rare de voir sortir de délicates geishas, poupées poudrées à frimas, vêtues de kimonos soyeux multicolores, trottinant à pas menus et serrant dans leurs toutes petites mains d'étranges baluchons appelés *furoshiki*. Nous parcourions tous les jours ces charmantes ruelles aux minuscules restaurants pour y déguster des *tempuras*, des soupes *miso*, des *gyozas* et autres plats aux saveurs captivantes et aux prix dérisoires.

Dans les boutiques de Ginza, trouver des fringues à nos tailles était mission impossible. À certaines heures, prendre le métro, se faire compresser dans les voitures par des employés en uniforme et gants blancs, était une expérience que nous n'avions aucunement l'intention de renouveler. Nous avions découvert, comme le disait Racine, que nos nuits étaient plus belles que leurs jours. Dès le spectacle terminé, je partais avec Cendrine et Chouchou faire la tournée des bars et discothèques de Shinjuku. J'y avais découvert un délicieux cocktail : le violet fizz, à déguster avec modération.

Chouchou n'avait pas réussi à entraîner Cynthia dans nos virées nocturnes et pourtant sa *room-mate* rentrait bien plus tard que nous. Un soir où elle avait dû boire plus que de coutume, elle lui livra la clef de ses refus dans un baragouinage éthylique.

Tandis qu'après le show, nous, les jeunes écervelées, nous hâtions de partir, elle, avec Les-Lee, Laurence Daury et Capucine, allait s'installer à une table dans le cabaret. La clientèle, essentiellement composée d'hommes d'affaires, se devait d'avoir à ses côtés une multitude de jeunes geishas car c'était le signe de la prospérité de leur société, le Graal étant de pouvoir se montrer avec une artiste du show.

Une *mama-san*, sorte de mère supérieure de ce lieu plus que profane, à l'âge certain et aux manières exquises, gérait tel un maître de ballet le va-et-vient incessant de ses jeunes recrues. Le rituel était immuable et très codé. La *mama-san* venait à la table des artistes et priait l'une d'entre elles, après mille inclinaisons du buste, de la suivre. Il n'était pas indispensable de participer à la conversation qui, d'ailleurs, se déroulait en japonais. Les cocktails, les plateaux de minisandwichs et de fruits étaient servis à profusion.

Au bout d'un temps plus ou moins long, la *mama-san* vous signifiait votre congé et vous raccompagnait à la table des artistes, non sans vous avoir passé discrètement une petite enveloppe dans laquelle était glissé un billet de 50 dollars, parfois plus. Le manège pouvait se reproduire plusieurs fois. Jusqu'à la fin du contrat, nous ne mîmes plus les pieds à Shinjuku. En un mois, nous avions plus que triplé notre cachet.

*

Notre show plaisait beaucoup. Le Bel Ami, à Kyoto, nous engagea pour quinze jours. Le Shinkansen, premier train à grande vitesse au monde, nous y conduisit dans un confort absolu en moins de trois heures, à plus de 200 kilomètres à l'heure. Nous étions totalement subjuguées par ce bijou technologique, porte d'entrée d'un futur prometteur, dans lequel nous découvrîmes en guise de déjeuner les fameux sushis ou makis bien rangés dans des miniboîtes en carton. L'idée d'avaler ces étranges rouleaux de riz enrobés d'algues et truffés de cubes de poissons crus me souleva le cœur et me fâcha à jamais avec ce mets si recherché. La ville impériale, avec ses nombreux jardins et ses temples séculaires, me réconcilia un tantinet avec l'empire du Soleil-Levant. J'y eus même une petite idylle avec un guitariste kyotoïte, Tam Otsu, dont les yeux perpétuellement rieurs avaient su me séduire.

En quittant le Japon, notre avion passa au-dessus du Fuji Yama. Instinctivement, nous nous étions toutes rassemblées autour de Capucine pour réciter quelques *Notre Père* et *Je vous salue Marie* en hommage à la troupe du Carrousel qui y avait trouvé la mort quelques années plus tôt. Tout au long du voyage jusqu'aux Philippines, Capucine et Les-Lee, qui les avaient bien connues, surent faire revivre Christina, Kiss Me, Sony Teal, Cobra, Coco et toutes ces artistes qui avaient disparu dans cet horrible accident d'avion.

À l'aéroport de Manille, une mauvaise nouvelle nous attendait : une commission de censure catholique, religion prépondérante dans ce pays, avait décrété que notre spectacle était une atteinte aux bonnes mœurs et que nous étions des créatures du diable. Après la modernité du Japon, nous étions brutalement replongées dans l'obscurantisme moyenâgeux de l'Inquisition. Il nous fallait repartir aussitôt. L'imprésario de la tournée asiatique avait anticipé la décision et nous nous envolâmes en fin d'après-midi, après plus de sept heures d'attente, pour Djakarta.

L'Indonesia Palace était le plus bel hôtel de la ville. On nous avait recommandé de ne jamais trop nous en éloigner et surtout d'éviter d'en sortir non accompagnées. La piscine olympique et le jardin aussi vaste que le parc Monceau à Paris nous aidèrent amplement à oublier notre manque de liberté. En nous rendant au cabaret chaque soir, nous avions pu constater combien la différence de niveau de vie était énorme au sein de la population. Le symbole le plus flagrant de ces inégalités était à mes yeux la construction d'une immense tour de 137 mètres, le Monas, au sommet de laquelle culminerait une flamme recouverte de 35 kilos d'or. La misère en bas, l'opulence en haut.

La compagnie des ballets de l'Opéra de Paris, invitée par l'Alliance française, se produisait également à Djakarta. Logées dans le même hôtel, nous retrouvions ses membres tous les après-midi au bord de la piscine. J'étais très amusée de constater qu'il y avait deux clans chez eux aussi : les danseuses étoile Claude Bessy et Noëlla Pontois étaient installées, avec leurs amis, de part et d'autre de la piscine, tout comme nous l'étions avec Capucine. Un *feeling* générationnel nous rapprocha de la bande de Noëlla.

Comme toujours depuis le début de la tournée, le succès était au rendez-vous et nous pouvions profiter sans vergogne de notre temps libre pour parfaire notre bronzage ou nous abandonner aux mains expertes des masseuses de l'hôtel. Je décidai un jour, encouragée par la belle Chouchou, de me livrer aux ciseaux et aux pinceaux d'un maître coiffeur émérite. Sous l'œil réprobateur de Capucine, je fis une entrée très remarquée au bord de la piscine : coupe ultra-courte à la Jean Seberg et cheveux platine, micro-bikini et peau chocolat au lait… les compliments de mes copines et l'œil gourmand des Tex Avery autour du grand bassin me rassurèrent quant à l'audace de mon choix.

Un très beau baroudeur s'était installé non loin de mon transat. Quelques regards furtifs mais intenses laissèrent présager que nos humeurs étaient plus que compatibles. Chouchou, à qui rien n'avait échappé, sous prétexte d'un bain rafraîchissant, entraîna les autres filles dans les eaux chlorées où je ne pouvais me baigner sous peine de voir ma nouvelle couleur capillaire virer au vert-de-gris.

Mon voisin vint se présenter. C'était un gemmologue hollandais qui faisait des allers-retours depuis l'Australie où il partait à la recherche de pierres précieuses : des opales très prisées en Europe, mais peu connues en France, d'où il me savait originaire. Il regrettait de ne parler français et était très heureux de rencontrer une danseuse de l'Opéra de Paris dont, hélas, il n'avait pu voir aucune des représentations. Je souriais benoîtement, fascinée par le bleu denim de ses yeux. Dans mon très mauvais anglais, j'essayai de lui faire entendre que je n'étais pas une danseuse classique, mais une danseuse de music-hall. Je n'étais pas sûre qu'il avait bien compris. En me quittant, il m'invita à boire un verre au bar de l'hôtel dans trois jours, à son retour de Sydney, où il se rendait le soir même.

Dès qu'il fut parti, tel un nuage de sauterelles s'abattant sur un champ de sorgho de Haute-Égypte, les filles, curieuses de connaître la teneur de mon échange avec le bel inconnu, formèrent un cercle autour de moi. Toutes étaient très flattées d'avoir été prises pour des danseuses étoile. Chacune donnait son avis sur ce début de *love affair*. J'avais l'impression d'être totalement étrangère à ma propre histoire, une souris de laboratoire face à ses manipulateurs discourant des résultats controversés de leurs analyses. Je dus mettre un terme à leurs élucubrations, leur rappelant que j'étais la seule à pouvoir décider si j'irais ou pas à mon rendez-vous.

Durant les trois jours qui suivirent, je reçus mille conseils de mes amies qui eurent pour effet de me déstabiliser totalement. Fallait-il dire au prétendant qui étaient les jeunes filles du Carrousel ? Si oui, à quel moment ? Comme toujours, il était pour moi hors de question de mentir ; je pressentais pourtant que, dans ce cas précis, il me serait plus difficile d'avouer mon « doux secret, mon tendre drame ».

J'arrivai à 18 heures au café. Il était là ; il se leva et vint m'accueillir en parfait gentleman. Il s'amusa de me voir commander un violet fizz et me dit ne pas être étonné que j'aie découvert ce cocktail au Japon. Il était très prévenant, paraissait enchanté par le moindre de mes gestes et par mon anglais très approximatif. J'étais aussi sous le charme. Un moment suspendu, où nos échanges de regards en disaient plus long que n'importe quelle déclaration torride. Je dégageai ma main qu'il caressait depuis plusieurs belles minutes, la plongeai dans mon sac pour en ressortir quelques élogieuses et révélatrices coupures de presse que je lui tendis. Avec un sourire gourmand et malicieux, il en commença la lecture. Son sourire se figea, son front se plissa, son cou se raidit. Sans un mot, il replia les journaux et, osant à peine me regarder, murmura un « *sorry* », puis quitta la table.

Je venais de recevoir un coup de couteau en plein cœur. J'étais livide, exsangue, hors du temps, humiliée. Il m'avait, au sens propre du terme, anéantie. Je n'existais plus. Ce n'est que dans l'obscurité de ma chambre, où j'étais remontée telle une somnambule, que je pus me laisser aller à une crise de larmes comme j'en avais rarement connu. La vie est parfois cruelle.

Enfant, vilain petit canard, j'avais espéré, comme dans le conte, devenir un cygne majestueux. J'avais cru y parvenir en rejoignant la troupe du Carrousel. Un mauvais coup du sort et j'étais plongée au cœur d'un autre conte de Hans Christian Andersen, *La Petite Sirène* : l'histoire d'une romance impossible entre une créature de rêve et un prince. Le parallèle me paraissait évident. Comme dans la fable, il me faudrait devenir une femme ordinaire pour espérer connaître l'amour. Ma mémoire sélective avait su cacher au plus profond de mes circonvolutions cérébrales la funeste issue de cette métaphore.

Ma décision était prise. Il me faudrait, dès mon retour en France, me préparer à un autre grand voyage, celui qui m'emmènerait au bout de mes rêves.

Devant mon désarroi, les filles essayèrent de trouver les mots pour guérir ma blessure.

— Un de perdu, dix de retrouvés, me dit Cendrine.

— Chaque casserole a son couvercle, renchérit la pragmatique Chouchou.

Mais ce fut Cynthia qui trouva le conseil le plus adéquat : « *Show must go on* », me dit-elle. Cette maxime, je l'avais toujours appliquée sans jamais avoir su la formuler, à l'instar de M. Jourdain qui faisait de la prose sans le savoir. Nous étions des show-girls : sur scène, sourire obligatoire et états d'âme au placard. Nous devions apporter du rêve dès que nous étions en public.

Les jours suivants, les rares fois où je croisais mon amour déçu, il évitait soigneusement de me regarder. De mon côté, je sus toujours afficher un sourire éclatant de bonheur, afin qu'il ne devine pas à quel point il m'avait blessée.

J'appris avec soulagement que notre contrat s'achevait.

Dernière étape de cette grande tournée asiatique : Kuala Lumpur, capitale de la Malaisie.

Nous étions logées et nous produisions dans le plus bel hôtel de la ville, le Mandarin Oriental. La piscine était superbe. J'y restais des heures. Les chutes de la cascade me nettoyaient le cœur et l'âme comme aucune autre médecine. Je n'acceptai de sortir de cette oasis de luxe et de fraîcheur qu'une seule fois, pour aller visiter la nouvelle mosquée, Masjid Negara, aux lignes géométriques si pures et aux plans d'eau apaisants.

« Ce qui ne me tue pas me rend plus fort », disait Nietzsche. J'avais retrouvé ma joie de vivre, pour le plus grand bonheur de mes copines. Chouchou, aux formules toujours frappées au coin du bon sens, me lança : « Les filles qui font la gueule, les hommes n'en veulent pas ! », tant il est vrai que le sourire est une invitation à des lendemains qui chantent.

Au terme de ce voyage initiatique de sept mois, c'est une tout autre Galia qui fit son retour en cette fin septembre à Paris. Dans la loge, la réadaptation fut rapide et l'accueil, sinon chaleureux, avait été des plus cordiaux.

La routine carrouselienne s'était réinstallée : boulot, taxi, dodo, parfois cassée par des sorties après-spectacle avec des jeunes gens aux intentions pas très catholiques, mais nous n'étions pas des nonnes.

Lola, superbe créature à la crinière blonde, aux yeux de biche lourdement fardés et à la poitrine XXL, était la plus friande de ces échappées nocturnes, bien qu'elle fût notre aînée. De bar de nuit en bar de nuit, on se retrouvait toujours pour un dernier verre au petit matin dans son atypique appartement de la place Pigalle, qu'elle avait su transformer en un véritable saloon. La lumière du jour y était interdite de séjour, comme parfois certaines de ses connaissances.

Nous étions toutes sous le charme de l'ensorcelante Lola Chanel, ce petit bout de femme au sex-appeal surdimensionné, toujours d'humeur égale et joyeuse. Je ne me lassais pas de la voir sur scène. Son numéro de strip-tease allumait le feu dans les yeux des spectateurs, mais me bouleversait à chaque fois. La chanson d'Édith Piaf sur laquelle elle s'effeuillait n'était pas étrangère à mon mal-être. *C'est à Hambourg* relate l'histoire d'une fille à marins qui refuse l'amour de l'un d'eux car elle a « le cœur trop grand pour un seul homme » et repart errer à travers les bas-fonds des ports du monde entier, à la recherche d'un trésor dont elle sait qu'elle ne le trouvera jamais.

Lola entrait sur scène sanglée dans un ciré rouge, perchée sur des escarpins vernis noirs aux talons aiguilles vertigineux, cigarette au bord de ses lèvres carminées, balançant tristement un réticule en satin noir. Lentement, langoureusement, elle se débarrassait de son vêtement sous lequel elle ne portait rien d'autre qu'un pull marin. Après avoir bu quelques rasades de whisky à même le goulot de sa flasque en argent extraite de son sac, elle enfourchait une chaise, face au public, et dans un geste brusque, souligné par un coup de gong, elle arrachait un carré de tissu de sa marinière, laissant surgir deux énormes seins, dignes des plus belles pin-up girls des magazines en papier glacé américains. Les applaudissements, les hurlements et les sifflets se déchaînaient. Elle levait au-dessus de sa tête une petite main blanche qu'elle agitait en guise d'adieu, puis la salle était plongée dans le noir. J'étais au bord des larmes.

En riant, Bambi comparait souvent le Carrousel à un asile d'aliénées. Sans aller aussi loin, j'étais persuadée que notre loge était un véritable centre de thérapie. Nous étions dix-huit pensionnaires et chacune à sa façon tentait de résoudre la problématique de l'autre. Les plus anciennes apportaient leurs expériences, éclairant le chemin des plus jeunes qui, de leur côté, insufflaient une énergie nouvelle, donnant à la troupe ce rayonnement qui franchissait les frontières.

Un conseil de Lola m'avait interpellée et avait à jamais scellé notre amitié : il fallait, disait-elle, transformer nos bleus à l'âme en rivière de diamants, tout comme les alchimistes changent le plomb en or. La scène lui semblait être l'espace idéal pour soigner nos traumatismes. En soixante-huitarde chevronnée, elle avait ajouté dans un éclat de rire : « Sous les pavés, la plage. »

J'aimais bien, de temps en temps, accompagner Lola dans ses virées nocturnes. Généralement, je la quittais juste avant qu'elle ne monte chez elle, prétextant la fatigue et la proximité de mon lit. J'habitais toujours dans mon petit hôtel de la place Pigalle.

Un soir, je ne me fis pas prier pour partir en goguette avec la belle, accompagnée de cinq jeunes et fringants photographes de mode qui célébraient la signature d'un juteux contrat. Cendrine, toujours partante pour ce genre de fiesta, était aussi avec nous.

J'avais jeté mon dévolu sur l'un des beaux garçons qui nous escortaient, en essayant de ne pas trop le faire remarquer. En arrivant au Pousse au Crime, la boîte préférée de Lola tenue par deux de ses amies lesbiennes, je fus courtisée par un autre garçon de la bande, plus entreprenant que ses copains, avec un empressement et un second degré qui n'étaient pas pour me déplaire. Il devait connaître cette boutade très en vogue chez les playboys du Drugstore : « Femme qui rit est à moitié dans votre lit ! »

Malgré l'heure tardive et les nombreuses bouteilles d'alcool enfilées, Franck – c'est ainsi qu'il se prénommait – se conduisait en parfait gentleman. En bas de l'immeuble de la belle Lola, quand j'annonçai que je les quittais, il insista pour m'accompagner jusque chez moi. Encore échaudée par mon histoire indonésienne, je refusai de le faire monter pour prendre un dernier verre, mais le laissai m'embrasser avant de m'esquiver. Devant le miroir de ma salle de bains, je me souris étrangement, son baiser m'avait réconciliée avec moi-même. J'étais une fille comme les autres.

Mon instinct ne m'avait pas trompée. Quelques jours plus tard, un énorme bouquet de roses avait été déposé au pied de ma porte. Une petite enveloppe y était épinglée, contenant une carte de visite et deux mots : « Te revoir. » C'était lui.

Le soir même, Lola, en arrivant dans la loge, me

demanda avec un grand sourire si je n'avais rien à lui raconter et, sans attendre ma réponse, me reprocha de ne pas avoir téléphoné à Franck, ne serait-ce que pour le remercier. Elle me conseilla vivement de le faire au plus vite ; elle était persuadée que nous étions faits pour être ensemble. Son intuition ne reposait sur aucun fondement, mais ne valait-il pas mieux souffrir de remords que de regrets ?

Il m'avait invitée à dîner dans un très sympathique restaurant chinois de Saint-Germain. Soirée exquise. Sa franchise et son humour m'avaient conquise. À mon grand désarroi, il me déposa à mon hôtel en espérant, me dit-il, que l'on se reverrait très vite.

C'est encore Lola qui vint à ma rescousse. Franck, jeune photographe de mode, était en couple depuis quelques mois. Elle me tendit un magazine en couverture duquel on pouvait admirer une jolie blonde bouclée à l'œil bleu gitane et à la peau d'une blancheur de marbre.

— Tu l'as complètement perturbé. Il est raide dingue de toi. Je le connais depuis longtemps, je ne l'ai jamais vu dans un tel état de stress. Tu l'impressionnes, il m'appelle tous les jours pour savoir si tu me parles de lui. Il veut se séparer de sa petite amie avant de te revoir. Vous êtes faits l'un pour l'autre, j'en suis sûre. Appelle-le.

C'est lui qui m'appela le premier pour me donner rendez-vous à nouveau dans notre petit resto chinois. Il était encore plus séduisant que la dernière fois. Ses yeux verts et sa barbe blonde lui donnaient des airs de jeune lord anglais qui n'étaient pas pour me déplaire.

Cette nuit-là, Richard Wagner et sa *Chevauchée des Walkyries* auraient pu être le thème musical idéal pour accompagner notre voyage au bout de la nuit.

Franck n'était pas du genre à tergiverser, il savait ce qu'il voulait et se donnait toujours les moyens de l'obtenir. Il m'avait avoué que j'étais son idéal féminin, qu'il avait succombé à mon charme, qu'il m'aimait, et peu importait que je ne sois pas en accord avec mon état civil, j'étais la femme de sa vie. En moins de quinze jours, il avait trouvé un appartement et nous nous y étions installés. J'étais spectatrice de ma propre vie et j'aimais ça. Il s'occupait de l'intendance. Il avait accepté que je continue à travailler au Carrousel, et avait d'autres projets pour moi.

Ce nouvel état de femme au foyer me convenait parfaitement. Nous n'avions pas le même rythme de vie – lui travaillait le jour, moi, la nuit –, cependant nous avions trouvé un parfait *modus vivendi*. Il ne me réveillait pas le matin quand il partait, mais il se réveillait toujours quand je rentrais. J'adorais quand il me demandait avec un faux air de chien battu : « Tu peux prendre ton jour de repos demain ? »

Depuis mon retour d'Asie, j'avais acquis le privilège de m'absenter quand je le souhaitais. Il rangeait nos sacs de voyage dans sa MG blanche et venait me chercher à 4 heures du matin. Nous arrivions à Deauville pour voir le jour se lever et allions dormir au Normandy, dont nous ne sortions que pour aller reprendre des forces aux Vapeurs, à Trouville. Il savait toujours me surprendre et je me laissais aimer.

Il adorait me photographier ; ses beaux clichés se retrouvaient dans les programmes des tournées du Carrousel. Il me fit même poser pour une huile bronzante de Guerlain en mini-maillot de bain deux-pièces et immense capeline noire qui me mangeait la moitié du visage. J'étais folle de rage quand j'avais vu le cliché final. Pourquoi deux heures de maquillage alors qu'on apercevait à peine l'angle de ma mâchoire ? En riant, Franck m'avait expliqué qu'il n'aurait pu obtenir cette photo magnifique si je ne m'étais pas sentie au mieux de ma forme. Pour se rattraper, il me photographia pour le *Journal du textile*, ce qui me permit d'obtenir mon premier cachet de mannequin et attisa la jalousie de certaines de mes collègues…

Dans les loges du Carrousel, la rumeur de l'éventualité d'une prochaine tournée semait la zizanie. Toutes voulaient en être. La richesse des costumes et l'originalité des numéros de strip-tease entrant en compte dans le choix de M. Marcel pour constituer la nouvelle troupe, un vent de renouveau agitait les cintres de nos vestiaires soudain trop étroits pour contenir les délires empanachés de certaines postulantes. Il devenait de plus en plus difficile d'obtenir un créneau horaire pour répéter l'après-midi sur la scène du Carrousel ou même sur celle de Madame Arthur. Comme par enchantement, les strass, plumes et paillettes avaient ressurgi d'on ne sait quelle caverne d'Ali Baba. Des noms d'heureuses élues circulaient et changeaient chaque jour. L'engouement retomba comme un vieux soufflé au fromage quand les belles apprirent la destination de la tournée : la Suisse. Lausanne et Genève. Les rêves de grandes échappées internationales s'envolaient. Chouchou m'expliqua que c'était une destination très intéressante, à ne refuser sous aucun prétexte. Le succès y était assuré, les cabarets superbes et le public jeune et doré rendaient les journées aussi scintillantes que les nuits. Elle y était restée bloquée en mai 1968 et y avait rencontré des gens inoubliables.

Franck ne voyait pas mon départ d'un bon œil. Il essaya timidement de me dissuader d'accepter la proposition qui m'avait été faite, mais ma décision était sans appel et mes arguments irréfutables : je voulais, financièrement, être indépendante ; je voulais prendre de l'assurance au sein du Carrousel et ne plus être considérée comme un « simple élément ». La tournée ne durerait que deux mois et Lausanne ou Genève étaient à deux tours de roue de Paris, ce qui lui permettrait d'accélérer le rodage de sa nouvelle MG blanche en venant me rejoindre chaque week-end.

L'équipée enfin au complet promettait de joyeuses aventures : Chouchou, Cynthia, Cendrine, Rogeria, une superbe Brésilienne à la voix d'or qui venait d'entrer au Carrousel, Zambella, initiatrice de mon entrée chez Madame Arthur et sémillante présentatrice, et enfin Bambi, la reine, vedette du spectacle, celle dont la beauté et la grâce m'avaient toujours fait rêver. Une belle âme, bienveillante avec chacune d'entre nous, un phare qui brillait dans la nuit, celle qui savait, par un simple regard, un mot choisi, un geste discret, vous indiquer les écueils à éviter.

*

Lausanne, ainsi que l'avait prédit Chouchou, nous fit un triomphe. Nous étions en 1971. Le Tabaris était un élégant cabaret, place Saint-François. La piste de danse aux dalles lumineuses se soulevait, par un système de drains hydrauliques, pour devenir une vraie scène où nos apparitions étaient magnifiées par des jeux de lumière innovants et sophistiqués. La propreté de la ville, la discipline et la probité des Vaudois provoquèrent chez moi un choc culturel curieusement plus fort que celui ressentit en Asie, la comparaison étant plus flagrante encore car nos modes de vie étaient davantage semblables.

Exemple d'honnêteté : les journaux quotidiens étaient empilés sur des sortes d'étagères en métal, disséminées partout dans les rues de la ville. Vous pouviez vous servir directement et en glisser le coût dans la fente d'une tirelire fixée à même le présentoir. En découvrant le processus, je me dis, en riant, que je connaissais une ville où les journaux ne seraient pas restés exposés très longtemps et où l'étagère aurait disparu de la même façon. Quant à la propreté, il m'avait suffi de traverser le lac Léman d'Ouchy à Évian pour constater la différence. D'une rive à l'autre, les parterres de fleurs avaient laissé la place à l'incivilité des curistes évianais, dont on voyait traîner, çà et là, les reliefs de pique-niques sauvages. Le contraste était frappant.

C'est dans cette belle contrée, rigoureuse et calviniste, que je pris conscience du désordre, pour ne pas dire du chaos, qui régnait en moi. J'avais beaucoup de mal à endiguer mes pensées, mes envies, mes désirs. Je voulais une vie sereine, familiale, qui se déroulerait tel un long fleuve tranquille. Toutefois, au fond de moi, une force dévastatrice n'exigeait que folie, luxe et volupté, ne rêvait que de torrents, cascades et mers imprévisibles. La vraie question était : une show-girl peut-elle être une femme au foyer ? Franck avait dû découvrir chez moi cette contradiction, voilà pourquoi il avait craint mon départ. Je me promis d'en parler plus tard à Bambi.

Cette procrastination me permit de repartir d'un pas léger dans les rues escarpées qui descendaient du pont Charles-Bessières, où nous habitions, jusqu'au bar du Palace Lausanne où nous avions l'habitude de nous retrouver pour un thé ou pour déguster l'un de ces minisandwichs au jambon et à la moutarde dont nous raffolions.

« Les filles, vous avez vu le beau mec là-bas ? » Comme un seul homme – passez-moi l'expression –, nous nous retournâmes vers la table du bel inconnu. Cynthia, œil de biche et moue boudeuse, venait, par cette simple question, d'éclairer notre *tea time* qui s'était enlisé dans une routine sclérosante.

Il était accompagné de trois autres garçons, mais on ne voyait que lui. Même assis, il dépassait ses acolytes de deux têtes. Barbe et crinière blondes, il semblait descendre tout droit d'une célèbre station de ski, Gstaad ou Zermatt. Un mixte entre Henri VIII et Robert Redford dans *Butch Cassidy*. Délicieusement terrifiant, il faisait mine de ne pas nous voir, mais son petit jeu de raminagrobis épiant du coin de l'œil de malheureuses petites souris écervelées n'avait pas lieu d'être avec nous. Cours après moi que je t'attrape, tel aurait pu être le titre de ce jeu de séduction auquel, et il ne s'en doutait sûrement pas, nous étions expertes. Nos éclats de rire se firent moins discrets, nos gestes, plus gracieux, nos mains passant dans nos cheveux laissaient s'échapper des effluves de parfums suaves et capiteux. Reins cambrés et bustes dressés, nous étions en représentation.

Cela ne pouvait laisser indifférent le groupe de jeunes gens qui envoya en éclaireur le plus moche, mais le plus audacieux d'entre eux. Il nous avait applaudies au cabaret et serait honoré, avec ses amis hockeyeurs, qui venaient de remporter un match à Crans-Montana, de nous offrir un verre à leur table. Maligne, Cynthia déclina, tout en suggérant qu'ils viennent fêter leur victoire au Tabaris.

Le soir même, ils étaient là. Je devrais dire : il était là. Après le spectacle, les garçons nous emmenèrent dans l'une de ces tavernes de nuit dont la Suisse a le secret et qui peuvent rester ouvertes jusqu'au petit matin, bien après l'heure légale de fermeture. Maurice, c'est ainsi que se prénommait le grand gaillard qui avait fait mine de nous ignorer l'après-midi, était l'objet de toutes les attentions de Cynthia, qui déployait le grand jeu, allant jusqu'à boire du schnaps – de l'eau-de-vie de pomme – que les garçons buvaient comme du petit-lait et dont la teneur en alcool était digne du pire des tord-boyaux. Les esprits s'échauffaient et, discrètement, je filai à l'anglaise. Maurice, qui ne m'avait pas adressé la parole de toute la soirée, me rattrapa sur le pas de la porte. « Vous n'allez pas rentrer toute seule ? Permettez-moi de vous raccompagner. » En riant, je lui répondis que je n'avais aucune crainte à me déplacer dans un pays aussi sûr. « Détrompez-vous, me dit-il, les trolls ont débarqué à Ouchy et ils hantent, la nuit, les rues de la vieille ville, à la recherche de jolies filles comme vous. »

Il me prit le bras et, sans attendre ma réponse, m'entraîna dans sa voiture. En arrivant devant mon hôtel, nous avions encore mille choses à nous dire. J'acceptai de le revoir le lendemain. Seule dans ma chambre j'étais partagée entre le bonheur d'avoir séduit ce bel homme et la crainte de céder à la tentation. Étais-je, comme la plupart de mes collègues, esclave de mes sens ? Une bonne nuit de sommeil m'apporta la réponse : oui. Comme le disait si bien Oscar Wilde : « Le seul moyen de se délivrer d'une tentation, c'est d'y céder. »

J'avais dû lui avouer que j'étais en couple, cela ne l'avait affecté en aucune façon, préférant, me dit-il, être l'amant que le mari. Le départ pour

Genève vit la fin de notre romance qui avait mis à mal l'excellente opinion que j'avais de moi-même.

Franck n'en sut jamais rien. À mon retour de Suisse, mes sentiments pour lui s'étaient transformés. Je culpabilisais. Je ne savais plus si je l'aimais. Je fis en sorte qu'il ne s'en aperçoive pas. Lui m'aimait plus que jamais, je n'avais pas le droit de lui faire du mal. Comédienne à la ville comme à la scène.

Les préparatifs pour une nouvelle tournée vinrent remettre un peu d'excitation dans le quotidien. Ce qui le transforma toutefois vraiment fut l'arrivée de Chouchou et Cynthia dans mon immeuble. Au dernier étage, un grand appartement avec deux chambres et terrasse s'était libéré. Chouchou quitta *illico* la rue d'Orchampt pour la rue de Saussure, Montmartre pour la Plaine-Monceau sans aucun regret. Elle se réjouissait de ce voisinage, persuadée qu'il ne pourrait que renforcer notre amitié, ce qui agaçait la belle Cynthia.

Comme M. Marcel le leur avait promis, Chouchou et Cynthia seraient les vedettes de cette tournée qui partait à Téhéran. Câline (c'était le nouveau nom de scène que Cendrine avait choisi), Zambella, toujours aussi sémillante, Ronny Rolls, superbe transformiste allemand de chez Madame Arthur, Daloa, sulfureuse Brésilienne à la peau couleur cannelle, et moi-même Galia Gazelle – j'avais accolé un nom à mon pseudo, afin d'ajouter une touche de glamour – étions les heureuses recrues de la nouvelle troupe du Carrousel qui s'envolait pour le pays des mille et une nuits.

Une première brève escale nous fit poser le pied à Athènes, puis une seconde à Damas où il nous fallut passer une journée et une nuit. À la piscine de l'hôtel, il n'y avait personne. Avec Câline, Chouchou et Cynthia, nous prîmes notre premier bain de soleil de l'année. Spontanément, Chouchou décida que nous allions bronzer seins nus. En moins de trois minutes, le directeur, affolé, vint nous intimer de nous rhabiller, nous précisant que les femmes n'avaient pas le droit d'être en costume de bain en dehors de certaines heures. En riant et dans un aussi mauvais anglais que notre interlocuteur, Cynthia tenta de lui expliquer que nous n'appartenions pas au sexe faible, mais il ne voulut rien comprendre ou entendre, et nous dûmes renfiler nos robes sur-le-champ. De leur côté, Daloa et Ronny Rolls, qui avaient décidé d'aller visiter la ville, rentrèrent à l'hôtel, escortés par la police armée jusqu'aux dents : ils avaient pris des photos dans une zone interdite. La tournée ne commençait pas sous les meilleurs auspices.

Téhéran nous accueillit chaleureusement en ce début de printemps 1972. Le producteur de la tournée, aux petits soins, demanda l'ouverture anticipée de la piscine de l'hôtel spécialement pour nous, en nous recommandant toutefois de ne pas y bronzer *topless* – il avait eu vent de notre mésaventure à Damas. Nous n'avions également pas le droit de recevoir dans nos chambres. Daloa, qui avait fait sienne la maxime « il est interdit d'interdire », en fit la triste expérience dès le deuxième jour, quand elle tenta discrètement d'inviter un client de l'hôtel dans sa chambre. Deux cerbères courtois mais fermes avaient vigoureusement chassé le prétendant qui avait dû aussitôt quitter l'hôtel ; la belle, quant à elle, eut droit aux remontrances de notre producteur qui en profita pour nous rappeler que nous étions dans un pays musulman et que nous devions en respecter les règles.

Le cabaret était l'un des plus *select* de la ville. Nous y partagions l'affiche avec une célèbre danseuse orientale : Nadia Gamal. On disait que c'était la sœur de Samia Gamal, que nous autres, jeunes Françaises, avions pu voir aux côtés de Fernandel dans *Ali Baba et les Quarante Voleurs*. Elle passait après nous et, chaque soir, j'allais constater avec bonheur combien son numéro était magique. Elle devait avoir plus de trente-cinq ans, mais sous les projecteurs elle en paraissait dix de moins. Gracieuse, féline, ondulante, elle semblait faire corps avec la musique. Elle faisait voltiger voluptueusement une canne autour de ses hanches qui donnaient le tempo à son orchestre. Elle était irréelle, royale, ensorcelante. Le frère du shah en était un fan inconditionnel et ne manquait pas de venir l'applaudir plusieurs fois par semaine.

Nous avions, nous aussi, nos admirateurs, qui nous invitaient à leurs tables où le champagne se mariait délicieusement avec le caviar dont je raffolais. Je ne l'accompagnais jamais de blanc d'œuf dur, d'oignon, persil ou autres ingrédients comme c'était la tradition de le consommer en Iran. Pour moi, c'était à la petite cuillère en écaille de tortue, sans même une goutte de citron.

Nous avions sympathisé avec des danseuses anglaises qui ne pouvaient quitter le pays, leur dernier employeur refusant de leur rendre leurs passeports. Elles avaient le même imprésario que nous et logeaient à l'hôtel. Dans l'attente de leur départ, qu'elles espéraient imminent, nous passions toutes nos journées ensemble à rire et cancaner au bord de la piscine, tout en dégustant les pastèques, fraises, cerises et autres sucreries orientales que nous faisaient parvenir du restaurant des adorateurs transis qui n'osaient pas nous approcher.

*

Un après-midi, Ronny Rolls, Câline et moi décidâmes d'aller au Grand Bazar pour y acheter les fameux manteaux afghans en peau de chèvre entièrement rebrodés qui faisaient fureur chez les hippies. Un marchand, qui parlait très bien le français, tout en emballant nos trésors, expliqua à Ronny, avec beaucoup de délicatesse, qu'à cause de ses cheveux blonds un peu trop longs pour un garçon et son short beaucoup trop court, il serait préférable qu'il ne s'attarde pas dans les allées du souk. Ronny, pas téméraire pour un sou, décida de rentrer immédiatement. Audacieuses et inconscientes, cheveux au vent et minijupe, Câline et moi continuâmes notre déambulation à la recherche d'une échoppe de bijoux artisanaux en or et turquoise, qui se trouvait quelques stands plus loin.

Au fur et à mesure que nous nous avancions, nous nous sentions de plus en plus mal à l'aise. Les regards devenaient sombres, les allées, étroites, les femmes, voilées. À notre grand étonnement, certaines portaient des loups en cuir noir, leurs yeux dissimulés par un fin grillage doré ; des silhouettes qui nous rappelaient celles d'*Angélique et le sultan*. Quelques mots incompréhensibles semblaient nous être adressés. Un maladroit nous renversa une cuvette d'eau usagée sur les pieds. Quand un gamin me brûla la cuisse avec sa cigarette, le doute disparut et nous comprîmes que nous n'étions pas les bienvenues au sein du Grand Bazar. Encore fallait-il pouvoir en sortir. Un immense porche donnant sur une grande place se présenta comme notre seule issue de secours. Prenant mon amie par le bras, je la conduisis au pas de course vers cette échappatoire à la recherche d'un taxi salvateur. Notre trajectoire fut stoppée net par quatre barbus enturbannés. Les molosses nous soulevèrent de terre comme deux fétus de paille et nous rejetèrent violemment à l'intérieur du marché. Sans le savoir, nous venions d'entrer dans la grande mosquée de Téhéran, la mosquée d'Atigh. Nous nous réfugiâmes dans une boutique de tapis, dont le propriétaire qui parlait français compatit à notre désarroi et devint encore plus aimable quand nous le priâmes de téléphoner à Ali Abbassi.

Ali, jeune, brillant et prometteur réalisateur iranien, nous avait pris en amitié depuis le début de notre séjour et nous avait toujours dit qu'au moindre problème, il ne faudrait pas hésiter à l'appeler. Grâce à lui, nous avions pu admirer, en visite privée, dans les sous-sols blindés de la Banque centrale d'Iran, les joyaux de la couronne. Des tiares, des trônes d'argent, d'or, sertis de pierres précieuses, des sabres richement ornés de saphir, de rubis, de diamants de différentes couleurs, le célèbre Daria-i-nor, l'un des plus gros diamants du monde à la rarissime couleur rose pâle, des vasques débordantes d'émeraudes aussi grosses que les galets des plages niçoises. On ne savait où poser le regard. Une pièce unique avait retenu toute mon attention : un énorme globe terrestre de 34 kilos en or, les mers et les océans en émeraudes, les différents pays en saphirs, rubis roses ou rouges ; seuls l'Iran, l'Angleterre et la France étaient constitués de diamants de la plus belle eau. Une féerie digne des contes des mille et une nuits, à rendre obèses toutes les croqueuses de diamants de la planète.

Peu après le coup de fil, deux gardes du corps vinrent nous chercher dans la petite échoppe. Ali leur avait demandé de nous emmener jusqu'à la boutique de bijoux fantaisie, cause de notre mésaventure. Une vraie caverne d'Ali Baba. Les boucles d'oreilles à pampilles, les créoles lourdement chargées de verroteries multicolores, les colliers en argent ciselé, les bracelets d'esclaves ou de chevilles… un pur bonheur. En riant, je dis à Câline que nous n'étions pas dans les sous-sols de la Banque centrale et qu'ici tout était en toc ; dans un large sourire et sans comprendre vraiment le sens du mot, le vendeur répliqua avec un fort accent et une non moins forte satisfaction : « Cent pour cent toc, mesdemoiselles, cent pour cent toc ! »

Nous pleurions de rire et déjà nous avions oublié l'incident de la mosquée, inconscientes des déboires auxquels nous avions échappé. Insouciante jeunesse qui nous voyait sortir des eaux troubles aussi pures et sèches que le plumage d'un cygne après une longue immersion dans un étang aux profondeurs insondables.

*

Au bord de la piscine, une bande de jeunes gens plus téméraires que certains s'étaient rapprochés de nous. Malgré la barrière de la langue, un dialogue amical avait pu s'instaurer. Katy, l'une des show-girls anglaises, ayant quelques notions de farsi, nous servait d'interprète.

L'un d'entre eux, superbe Persan aux yeux verts, ne m'était pas indifférent et, d'après Katy, il éprouvait le même intérêt à mon égard. Ses regards en disaient long et mes sourires ne dissuadaient pas Rostam – c'est ainsi qu'il se prénommait. Sortir ensemble à Téhéran était mission impossible. Il eut une idée géniale pour contourner l'interdit : aller visiter Chalus, un petit port de pêche au bord de la mer Caspienne, à quatre heures de route de Téhéran. Le cabaret étant fermé le vendredi, on pourrait partir le jeudi soir après le spectacle, se reposer dans un hôtel en arrivant et aller à la plage avant de rentrer dans la soirée. Le programme me convenait et il me fut aisé de convaincre Câline de se joindre à nous, l'un des garçons de la bande lui plaisant énormément.

Nos deux chevaliers servants n'ayant pas de voiture, l'un de leurs amis proposa de nous conduire. Nous étions cinq dans une rutilante limousine empruntée au père de notre chauffeur. Se retrouver au lever du jour en pleine montagne dans un estaminet, à boire un thé noir et acre, gober des œufs fraîchement pondus et déguster du miel à même l'alvéole de cire se révéla pour moi une expérience inoubliable. L'arrivée à Chalus fut en revanche une véritable déception. La plage ressemblait à un immense terrain vague, la mer boueuse venait s'y échouer en vagues plates et mousseuses. Savoir cependant que les bélugas, osciètres et autres sévrugas en avaient fait leur royaume me réconcilia avec cette mer Caspienne. L'hôtel dans lequel nous étions censés nous reposer était des plus rudimentaires. Des tapis en guise de lit, une cruche en plastique jaune et blanche, une vasque en céramique pour les ablutions : un contraste inouï avec les palaces que nous avions l'habitude de fréquenter en tournée. Toujours pragmatique, Câline, avant de s'enfermer dans l'une des chambres avec son prétendant, me lança : « Qu'importe le flacon, pourvu qu'on ait l'ivresse. » J'avoue que Rostam sut transformer cet appentis en palais des mille délices d'Orient et que l'ivresse fut au rendez-vous.

Le lendemain, nous nous retrouvâmes tous sur la plage dans l'après-midi. Notre jeune chauffeur était de très méchante humeur. Câline m'expliqua qu'il avait cru pouvoir participer aux échanges franco-iraniens, et que, devant la fin de non-recevoir de la belle, il avait piqué une colère que son copain avait eu du mal à apaiser.

Après une frugale collation à même le sable, il était temps de repartir. Le copain de Câline, pour calmer les esprits, proposa l'une de ces cigarettes qui font rire. L'effet fut immédiat, et malgré la barrière de la langue, la bonne humeur, les chansons et les rires régnèrent à nouveau dans la limousine qui nous ramenait à Téhéran. Une odeur de brûlé vint gâcher la fête. Une cendre mal éteinte avait un peu grillé le tapis de sol. La voiture stoppa net. Le chauffeur vociférait et ses amis totalement hébétés par les herbes illicites répliquaient mollement. En ouvrant la portière arrière, le conducteur nous fit signe de descendre. Dociles, nous obtempérâmes. À notre grande stupeur, la voiture repartit sans nous. Nous étions seules, en pleine montagne, simplement éclairée par un croissant de lune éblouissant. Sous l'influence des substances, nous ne mesurions absolument pas avec Câline la dangerosité de la situation. Assises au bord de la route, nous étions subjuguées par l'immensité de la voûte céleste : « Je n'ai jamais vu un ciel si magnifiquement étoilé, me fit remarquer ma copine, on peut même voir la Croix du Sud… »

J'essayais de lui faire entendre qu'il était impossible de l'apercevoir ailleurs que dans l'hémisphère sud, mais c'était peine perdue. Nos considérations stratosphériques furent interrompues par le crissement des pneus de la voiture des garçons qui revenait nous chercher, au bout d'une demi-heure. Le reste du voyage s'effectua dans un silence pesant. Plus nous nous rapprochions de Téhéran, plus les effets grisants des vapeurs narcotiques se dissipaient, et plus nous prenions pleinement conscience des conséquences déplorables qu'aurait pu avoir le coup de sang de notre chauffeur. Câline et moi avions décidé de ne rien dire à nos collègues sur la fin pitoyable de notre escapade à Chalus.

Les jours suivants, aucun des garçons n'apparut à la piscine. Katy, la danseuse anglaise, me donna un après-midi des nouvelles de Rostam : il était hospitalisé après une violente bagarre au couteau qui avait éclaté entre les garçons de la bande. Elle n'en connaissait pas la raison.

*

Un soir, au cabaret, Ali Abbassi nous annonça une bonne nouvelle : nous allions avoir, grâce à des fêtes religieuses, deux jours de congé, et il nous emmenait visiter Ispahan. Capucine, Ronny et Daloa déclinèrent l'invitation, pour la plus grande joie d'Ali qui n'avait aucune affinité avec notre vedette – différence de génération, sans doute.

Après une heure d'avion, émerveillées, nous nous retrouvâmes au Shah Abbas Hotel, un ancien caravansérail transformé en palace dans les années 1950. Dans ma petite tête inondée de clichés, Ispahan était indissociable de ces roses chantées par Jean Sablon, dont ma mère avait été secrètement amoureuse durant son adolescence. Sitôt installée, laissant mes copines finir de se préparer pour aller parader au bar, je descendis dans le merveilleux jardin persan de l'hôtel à la recherche de cette précieuse fleur, symbole universel de l'amour. Pour la trouver, nul besoin de guide, son parfum suave, poudré, velouté, dominant toutes les senteurs, m'attirait jusqu'à d'immenses buissons où elles explosaient en superbes pompons roses. Éblouie, j'admirai les longs parterres de fleurs qui s'étalaient devant moi. Ils répondaient aux tapis de soie qui recouvraient entièrement les murs et le sol d'une grande pièce ouverte sur le jardin où l'on pouvait fumer le narguilé. J'y entrai. Une étrange sensation me fit monter les larmes aux yeux tandis que j'étais assise en tailleur dans la pénombre. Comment ne pas être émue devant tant d'harmonie ? C'étaient des larmes de bonheur. Dans cet environnement propice à l'introspection, je venais de prendre conscience que mon choix de vie avait bel et bien été le bon, que mon instinct, ma conviction, mon étoile m'avaient conduite sur la bonne route. Je savais que j'étais encore loin d'arriver à bon port, que la traversée était périlleuse, mais rien, aucune tempête, aucun vent contraire ne pourraient me dévier de mon chemin. J'irais jusqu'au bout de mes rêves, jusqu'à l'opération salvatrice.

Ispahan était une ville jardin étonnante. Ali, en véritable esthète, sut nous la faire aimer. De l'une des plus belles places du monde, la place Naghs-e Jahan, nous admirâmes les mosaïques en faïence de l'impressionnante coupole de la mosquée du Shah, qui semblaient tenter de rivaliser ou de se confondre avec le bleu du ciel d'une profondeur extrême. Celles en or du dôme de la mosquée du Cheikh Lotfollah défiaient les rayons d'un soleil orgueilleux. Nous découvrîmes également de superbes ponts qui enjambaient la rivière Zayandeh Roud où, depuis plus de mille ans, les citadins venaient se rencontrer en profitant de la fraîcheur des lieux.

La visite du Grand Bazar nous fit oublier la mésaventure de celui de Téhéran. La foule se pressait dans les allées avec respect et nous regardait avec bienveillance. Téhéran était fidèle à sa réputation de ville la plus hospitalière d'Iran. Quel plaisir de découvrir les échoppes d'objets artisanaux, l'argenterie, les épices, les tapis les plus précieux jetés sur le sol pour être piétinés afin d'obtenir plus rapidement la patine idéale. Pour terminer, Ali nous conduisit chez de véritables artistes exerçant l'art séculaire des miniatures. Il tint à nous en offrir en gage de notre amitié.

Le contrat s'achevait, il nous fallait rentrer à Paris. Ce fut un moment très déplaisant que de quitter Téhéran, même si, comme de vrais « enfants de la balle », d'après les mots d'Eddie Constantine, nous savions « faire nos malles et nous trimballer partout, n'importe où ».

Couvertes de cadeaux et de fleurs, nous envoyâmes du haut de la passerelle de l'avion des tonnes de baisers à notre cher Ali Abbassi, qui avait tenu à nous accompagner jusque sur le tarmac.

L'enchantement d'être à Paris, chaque fois plus beau, comme l'amant que l'on retrouve à la descente d'un train sur le quai de la gare, avait du mal à me faire oublier l'étrange mal-être qui s'emparait de moi lors de tous mes retours à la maison. Les problèmes que j'avais occultés durant la tournée ressurgissaient au premier tour de clef dans la serrure de notre appartement. Franck ne venait jamais me chercher à mon arrivée, tout comme il ne m'accompagnait pas lorsque je partais. Nous nous écrivions très peu, mais il savait toujours quand j'allais rentrer et mes fleurs préférées trônaient dans le salon en guise de cadeau de bienvenue. Il était d'une pudeur extrême et ne montrait ses sentiments qu'à travers de petits gestes qui semblaient insignifiants mais qui en disaient bien plus que de longues déclarations.

Il avait compris que notre amour s'étiolait, pourtant il ne s'avouait pas vaincu et parvenait à faire survivre, par son humour, ses mille petites attentions, sa fiabilité, sa sincérité, notre couple qui, vu de l'extérieur, semblait être une réussite. Il avait trouvé un grand appartement rue de Tocqueville, espérant ainsi donner un second souffle à notre couple. Il était le compagnon parfait, un peu trop. Je ne vibrais plus. La passion s'en était allée. Je lui étais reconnaissante d'être apparu dans ma vie au moment où j'en avais eu tant besoin et je n'osais lui faire du mal alors qu'il m'aimait encore. Me plonger dans le travail me permettait d'oublier la routine insipide, la platitude de ma vie sentimentale.

Sur scène, je m'épanouissais. J'adorais la montée d'adrénaline qui m'envahissait lorsque les projecteurs se tournaient vers moi, la sensation d'être le centre de toute l'attention, d'être vivante à la puissance mille, d'être aimée, désirée par cette multitude d'yeux inconnus, d'exister tout simplement.

*

L'opportunité d'une nouvelle tournée – au Japon – reporta une nouvelle fois la décision qu'il me faudrait très prochainement prendre : quitter Franck.

En ce début de printemps, la perspective d'admirer la floraison des cerisiers avec la troupe me remplissait de joie : Chouchou et Cynthia, les vedettes, Valeria, une nouvelle recrue brésilienne qui interprétait mieux que personne le répertoire de Mina, l'une de mes chanteuses italiennes préférées, Claudy et Valérie, un couple de danseuses acrobatiques du Elle et Lui – Claudie, que j'avais prise pour un garçon –, et enfin la belle Câline, avec qui j'avais créé un numéro où nous nous effeuillions l'une l'autre. Nous partions pour deux mois à travers le pays du Soleil-Levant.

À Tokyo, découvert lors de notre premier périple asiatique, ma déception fut grande de voir en guise de cerisiers en fleurs, pour célébrer le printemps sous un ciel gris et nuageux, des grappes de fleurs en plastique rose accrochées aux branches des rares arbres qui subsistaient encore dans les artères de cette capitale tentaculaire. Je n'étais pas très en phase avec les us et coutumes de ce pays qui m'avait pourtant longtemps fascinée, avec sa culture millénaire, mais qui, au quotidien, était d'une rigueur et d'une discipline toutes germaniques J'en avais fait la triste expérience lors de notre précédent séjour.

Valeria, notre belle Bahianaise, offrait une imitation de Rita Hayworth dans la célèbre scène du film *Gilda* où elle ôte ses gants, secoue voluptueusement sa crinière rousse, tout en chantant *Put the Blame on Mame*. Chouchou trouvait que la perruque que portait Valeria était trop volumineuse ; en tant qu'ancienne coiffeuse, elle tint à désépaissir l'opulente chevelure. Le résultat fut catastrophique. L'ex-Figaro n'avait pas effectué la coupe sur la tête de Valeria et le soir, dans la loge, lorsque cette dernière la posa peu avant d'entrer en scène, elle constata, effarée, dans le miroir que Rita Hayworth avait cédé la place à Planchet-Bourvil dans *Les Trois Mousquetaires*.

Furieuse, elle refusa de se produire dans ce triste accoutrement. Seulement, la bande-son du spectacle était enregistrée, les spectateurs eurent donc droit à 3 minutes 05 de musique sans la présence de l'artiste.

Nous fûmes toutes convoquées le lendemain dans les bureaux de la production où la sanction tomba sans appel : suppression pour toute la troupe du cachet de la veille. C'était payer cher le coup de ciseaux.

*

Au Sanbancho Hotel, je partageais ma chambre avec Câline, comme toujours lors des tournées internationales. Nos lits étaient tête-bêche. Nous venions d'éteindre la lumière quand je ressentis de fortes vibrations provenant de la couche de ma copine ; en phase d'endormissement, je me dis que ma *room-mate* aurait pu attendre un peu avant de s'adonner à ces jeux que l'on dit solitaires et intimes. Lorsqu'un grondement sourd, qui fit tressaillir les murs, retentit, je dus me rendre à l'évidence que ma partenaire n'en était pas la responsable – elle m'avoua d'ailleurs avoir pensé la même chose à mon sujet.

Un tremblement de terre venait d'ébranler les immeubles de la cité tokyoïte. Les copines nous le confirmèrent en débarquant en chemise de nuit, nous débusquant de dessous nos lits où nous nous étions réfugiées. Cette péripétie eut l'heur de ressouder les liens de la troupe qui s'étaient quelque peu distendus après l'épisode « Gilda ».

*

Dans une discothèque de Shinjuku où nous avions nos habitudes, Câline et moi, deux jeunes hommes, l'un asiatique et l'autre occidental, vinrent nous offrir un verre un soir. Dans un fort mauvais anglais, le Français, que nous avions fait mine de ne pas reconnaître, essayait de se présenter tout en mettant en valeur son très beau copain qui était un célèbre acteur japonais. Câline lui dit en riant avec un accent corse des plus réussis – elle était ajaccienne : « Arrête ton char, Ben Hur, on t'a reconnu. »

La tête que fit Carlos valait son pesant de sushis. Il n'en revenait pas que nous puissions être françaises et encore moins que nous soyons des filles du Carrousel. Quand Câline lui rappela qu'ils s'étaient déjà rencontrés au Bistingo à Paris quelques années auparavant, il décréta qu'il ne nous quitterait plus et qu'il fallait absolument qu'il nous présente à Sylvie Vartan dont il était, après avoir été son secrétaire, devenu le partenaire. Ils faisaient une tournée à travers tout le Japon où elle était célébrissime. Après quelques verres, je décidai de laisser Câline et ses deux nouveaux meilleurs amis poursuivre la découverte de Tokyo *by night*.

La belle ne réapparut que le lendemain midi, après une nuit très alcoolisée dont le seul vestige était une montre avec un cadran à l'effigie de Mickey qu'elle arborait fièrement à son poignet.

Carlos, en homme de parole, nous emmena un soir au Golden Getssusekaï pour assister au show que donnait en seconde partie de soirée la sublime Sylvie Vartan. Confortablement installées, nous assistions avec Câline au triomphe de la vedette, au summum de sa beauté. Carlos était irrésistible lorsqu'il entonnait *Deux minutes trente-cinq de bonheur* ou *Mon singe et moi*. À la fin du spectacle, de jeunes Japonaises, avec force courbettes, vinrent nous chercher pour nous conduire dans les coulisses. Mes pieds ne touchaient plus terre, j'allais rencontrer l'idole de mes quinze ans ; mieux que l'accès à l'Olympe, j'allais entrer dans la loge de Sylvie Vartan.

Carlos nous présenta à la belle qui nous confia, avec son phrasé inimitable, combien elle était heureuse de rencontrer si loin de France de jolies Parisiennes. Elle disparut peu après dans les effluves d'un parfum que je reconnus aussitôt car c'était aussi le mien : Jungle Gardenia.

Notre séjour à Tokyo s'achevait. Nous allions sillonner les routes et les différentes îles du pays en train, avion ou ferry-boat. La liste était longue, les noms des villes étaient très souvent inconnus à nos oreilles de petites Françaises que l'on disait fâchées avec la géographie. Comment aurais-je pu connaître Takamatsu et ses nouilles réputées à travers tout le pays ? Qui avait entendu parler de Sendai et de son public semblant mourir d'ennui tout comme nous qui, par désœuvrement, avions transformé nos chambres en véritable tripot, et où je perdis au blackjack une somme colossale ? Qui, de même, connaissait le nom de Fukuoka et de ses superbes plages de sable blond ? Ou celui encore, plus méconnu, de Kōchi et de ses incroyables coqs *phoenix-onagadori*, dont les plumes caudales peuvent atteindre jusqu'à huit mètres ?

*

Kyoto, tout comme la première fois, ne me déçut point.

Hiroshima, en revanche, provoqua chez moi un grand choc. Dès l'arrivée dans cette ville tristement célèbre, un sentiment de culpabilité s'immisça dans nos cœurs. Il faut dire que la visite du mémorial de la bombe atomique et de ses archives photographiques épouvantables ne nous aida pas à nous en défaire. La découverte d'un bar dont les murs étaient recouverts de clichés de l'explosion, où des béquilles, des cannes, des fauteuils roulants et d'autres objets orthopédiques étaient suspendus au plafond, où les serveuses en petite tenue d'infirmière servaient, à une clientèle nostalgique et essentiellement masculine, des bloody mary sanguinolents aux sons des accents guerriers de marches militaires, interrompues à intervalles réguliers par des sirènes hurlantes annonçant l'arrivée des avions meurtriers, conforta, s'il en était besoin, combien le traumatisme était gravé à jamais dans l'inconscient collectif. « L'homme est un loup pour l'homme », la formule ne me parut jamais aussi juste.

*

Trois mois s'étaient écoulés, il était temps de rentrer. Sous la menace de l'imminence d'un typhon, l'avion de la Japan Airlines décolla en vitesse pour nous ramener à Paris, où j'allais retrouver Franck et mes problèmes.

L'éloignement m'avait permis d'explorer la complexité de mes volitions. Comment concilier l'inconciliable ? Comment unir le jour et la nuit, la glace et le feu, le Yin et le Yang ? Je voulais être une femme au foyer tout en étant une danseuse de cabaret. Je voulais vivre les déchirements de la passion, tout en mitonnant de bons petits plats à mon cher époux. Je voulais qu'on m'accepte telle que j'étais alors qu'il m'était impossible de me voir entièrement nue dans un miroir. Toutes ces contradictions me semblaient insolubles et je les effaçai d'un geste de la main en me répétant ma devise préférée : *Tomorrow is another day !*

Au Carrousel, entre deux représentations, nous rejoignions la salle pour discuter, retrouver des amis ou prendre un verre avec des spectateurs avides de voir les « créatures de rêve » de plus près, et plus si affinités. Bambi et Capucine ne descendaient jamais. Un soir, alors que mon moral n'était pas au beau fixe, j'étais restée dans la loge pour me confier à la belle Bambi qui savait toujours trouver les mots justes pour m'apaiser. « Mange ton pain blanc. Tente de toujours garder ta spontanéité. Il n'est pas encore temps de faire le bilan. »

Mme Raymonde, la directrice, surgit dans la loge ; elle tenait à me présenter l'un de ses amis qui souhaitait absolument me rencontrer. Je la suivis de mauvaise grâce, mais fus agréablement surprise par l'humour et la qualité de la conversation de Jacques. Cet aristocrate très vieille France habitait dans un vieux château des Cévennes. Lorsqu'il était de passage à Paris, il venait saluer son amie en coup de vent ; ce soir-là, en me voyant sur scène, il avait eu envie de rester et de me connaître. Le laïus que j'avais écrit en guise d'introduction de ma chanson empruntée au répertoire de Coccinelle, *C'est vous*, l'avait amusé. Il voulait être l'heureux élu que je désignais ainsi : « Cette nuit, j'ai rêvé qu'un monsieur très charmant, en me prenant la main, évidemment, m'offrait un bijou de chez Cartier. Pour que ce rêve devienne réalité, ce soir, il me faut le trouver. »

En riant, il me demanda s'il pouvait m'emmener dès le lendemain chez le célèbre joaillier pour y choisir un bijou. Il était sérieux.

Je lui avais donné rendez-vous dans un petit café non loin de chez moi. Tout comme Dalida, persuadée que ce qui se disait la nuit ne voyait jamais le jour, je n'étais pas très sûre de le retrouver. Il m'attendait au Dôme de Villiers, vêtu d'un blazer bleu marine, d'une chemise Oxford et d'une cravate à fins motifs Hermès ; il fleurait une légère senteur de Knize Ten, parfum de mes premiers émois marseillais, une parfaite élégance qui contribua à me le rendre encore plus sympathique. Il devait avoir cinquante ans, mais son sourire juvénile, son humour grinçant et son enthousiasme communicatif me firent très vite oublier notre différence d'âge.

Nous nous rendîmes rue de la Paix en taxi. Avec une aisance toute naturelle, il répondit aux marques de bienvenue du personnel de cette fabuleuse boutique où j'entrais pour la première fois avec l'anxiété d'une cruche devant un rince-doigts. Confortablement installé dans un salon privé, Jacques expliqua effrontément à notre vendeur qu'il voulait offrir à son épouse, moi en l'occurrence, un bracelet, une bague ou même une montre, il n'avait pas d'idée précise. Le jeune homme disparut quelques instants. Conscient de mon embarras, que je croyais pourtant indétectable, Jacques sut me donner confiance par quelques remarques complices et, parodiant une célèbre fable, il ajouta : « Vous êtes, ma chère, le Phénix des hôtes de chez Cartier. »

L'arrivée de notre jeune vendeur chargé de différents plateaux et ganté de blanc mit un terme à nos plaisanteries. La lumière des lustres en cristal, associée aux feutrines rouges sur lesquelles étaient exposés les bijoux rehaussait la beauté de chacun d'entre eux. Il était temps de faire mon choix. Devant ma mine confuse, Jacques prit l'initiative de me conseiller.

Une montre « ceinture » en or jaune et rose me plaisait beaucoup. Un bracelet en diamant me grisait bien davantage mais il était dix fois plus cher, je n'aurais jamais osé dire qu'il avait ma préférence. Jacques m'indiqua qu'une montre m'était indispensable : ne pas être en retard était la politesse des rois et des reines. Il avait cependant remarqué mes yeux pétillants qui caressaient la rivière de diamants du regard. Il me souffla au creux de l'oreille que le mois prochain, si je le voulais bien, nous reviendrions la chercher.

Sortant de chez Cartier montre au poignet, sourire aux lèvres, j'étais tout de même mal à l'aise par la tournure qu'allait prendre la situation. Je n'étais plus assez naïve pour croire au désintéressement des hommes, mais j'avais fait mien ce vieil adage : « L'homme propose, la femme dispose. » Et rien ne pouvait acheter mon consentement.

Nous venions de traverser la rue quand Jacques, qui m'avait pris le bras, me demanda si la rivière de diamants me plaisait vraiment. Dans ce cas, me dit-il, pourquoi attendre un mois pour aller la chercher, alors qu'il nous suffisait de traverser de nouveau la rue pour en parer mon autre poignet ? Il était ainsi, Jacques, il aimait voir briller mes yeux de petite fille qui n'avait pas toujours été gâtée par la vie. Il me disait que j'avais le même regard éperdu que ces enfants abandonnés croisés lors de ses nombreux voyages en Afrique, en Asie ou dans les contrées les plus défavorisées des quatre coins de la planète. Comment avait-il pu si bien lire en moi ? Quelle était sa blessure qui avait pu lui permettre de reconnaître la mienne ? Plus que sa générosité, j'aimais son aptitude à voir l'indécelable.

Le vendeur de chez Cartier, nullement étonné de nous voir réapparaître, se prêta même au jeu et fit mine de considérer qu'un mois s'était écoulé depuis notre dernière visite. Le bracelet me sembla encore plus scintillant que lorsque je l'avais vu la première fois.

Sur le pas de la porte alors que, maladroitement,

je lui dis que je ne saurais jamais comment le remercier, il me fit un élégant baisemain et me pria de l'accompagner au Café de la Paix pour y boire un chocolat.

En rentrant chez moi, je mesurai l'invraisemblance de mon aventure. Franck ne pourrait jamais croire qu'il ne s'était rien passé entre Jacques et moi.

Je ne m'étais pas trompée. En découvrant ma montre et mon bracelet, il entra dans une rage folle. Il ne voulait rien entendre de mes explications. Je sentais qu'il serait impossible d'apaiser sa colère. La surenchère des mots désagréables et son attitude agressive ne présageant rien de bien acceptable, je pris mon sac sans un mot, sans un regard, et quittai l'appartement. Ma détermination et mon calme le déstabilisèrent. Ses vociférations s'arrêtèrent net, seul le bruit de la porte que j'avais claquée avec violence résonna dans la cage d'escalier.

Hélène, notre habilleuse, en me voyant si tôt dans les loges du Carrousel, comprit que quelque chose m'était arrivé. Elle vint s'asseoir près de moi et me proposa un thé. La loge était vide, c'était l'heure où elle vérifiait l'état de nos costumes, repassait nos fanfreluches et mettait un peu d'ordre sur nos tables de maquillage. Chaque fin de semaine, pour la remercier, nous lui remettions un peu d'argent qui agrémentait son maigre salaire. Elle était une vraie maman pour ses « grandes filles », comme elle aimait nous appeler, d'une gentillesse et d'un dévouement remarquables, toujours prête à nous remonter le moral. Son sourire était le meilleur des remèdes, son écoute, la meilleure des thérapies. On ne savait que très peu de choses sur elle, mais elle savait tout de nous. Sans jamais se montrer directive, Hélène nous aidait à trouver la solution la plus adaptée à nos soucis. Ce soir-là, je me rendis compte qu'en lui narrant mes déboires, c'est à moi-même, en réalité, que j'exposais la situation.

Après le spectacle, je décidai de ne pas rentrer chez nous et d'aller dormir chez Câline, même si je savais qu'il me faudrait l'accompagner, comme au bon vieux temps, jusqu'au bout de la nuit. Comment l'avait-il su ? Le lendemain, en fin d'après-midi, Franck se présenta chez mon amie.

Il tint à s'excuser pour les mots un peu forts qu'il avait prononcés, preuve, me dit-il, de l'amour absolu qu'il me portait. Il n'avait jamais douté de ma fidélité, mais avait parfois du mal à comprendre que je puisse accepter des présents de quelqu'un d'autre que lui. Ses yeux tristes, sa sincérité, sa détresse me touchèrent et j'acceptai de rentrer chez nous. Je rangeai ma montre et ma rivière, en prenant soin de ne les porter qu'en l'absence de mon amoureux.

Jacques connaissait ma situation sentimentale. Chaque fois qu'il venait à Paris, Mme Raymonde, la directrice du Carrousel, me prévenait et nous nous retrouvions au Café de la Paix, qui était devenu notre point de ralliement. Il adorait m'accompagner à travers les différentes boutiques de

Saint-Germain à la recherche du dernier look à la mode. Il assistait, ravi, à tous mes essayages. Sa générosité et ses conseils pertinents étaient toujours les bienvenus. Il jouait à la poupée. Je me demandais même si, en quelque sorte, je n'étais pas son avatar.

Au fil de nos rencontres, je compris mon erreur. Il était veuf depuis peu. Je lui rappelais étrangement sa femme, me confia-t-il un jour. À travers moi, il s'occupait encore d'elle. Ce statut d'épouse exempte du devoir conjugal me convenait parfaitement. Cacharel, Bob Shop, Tilbury, La Femme au miroir, La Bagagerie, Fiorruci, Sonia Rykiel, Renomma étaient devenus mes terrains de jeux préférés. Je n'attendais plus les soldes pour m'y rendre. Les vendeurs saluaient mon arrivée comme le désert celle de la pluie.

Un jour, Jacques tenta de rompre notre pacte. Il restait plusieurs jours à Paris et me demanda de le suivre dans son hôtel du quartier de l'Opéra. À mon regard foudroyant, il saisit aussitôt l'incongruité de sa requête. Sans me laisser le temps de répondre, devant la clientèle interloquée du Café de la Paix, il s'agenouilla devant moi, me suppliant d'oublier sa demande. J'avoue que lors de nos premiers rendez-vous, j'avais envisagé une telle éventualité ; mais à ce moment-là, après tout ce temps, il était pour moi inenvisageable de transformer cette franche et riche amitié en une banale histoire d'échange corporel de VRP. C'est ce que je lui dis, en le priant de se relever et en me précipitant vers la sortie.

J'avais plus honte de mon attitude que de la sienne. Depuis le premier jour, je me mentais, je lui mentais, faisant semblant de croire que sa générosité était gratuite. J'étais aussi vénale que certaines de mes camarades. Cet aspect de ma personnalité entachait la bonne opinion que je voulais avoir de moi-même et c'est sans regret que je pris congé de Jacques en le priant de ne plus chercher à me revoir.

Mon couple ne s'en porta pas mieux, mon dressing non plus. La routine commençait à s'installer et l'ennui, son meilleur ami, pointait le bout de son triste museau.

Ce n'est pas l'annonce d'une tournée mais la rencontre d'un garçon qui vint apporter du piment dans mon quotidien.

Il s'appelait Michel. Je l'avais rencontré un soir au cabaret. Brun, moustache épaisse, très sexy, dans la lignée, en plus jeune, des Burt Reynolds, Burt Lancaster ou autres Clark Gable. Une aura de star de cinéma, une fraîcheur et une faim de vivre qui me conquirent au premier regard. Dans ses yeux, je découvrais l'adolescente que je n'avais jamais été. Dans les parcs, les rues, sur les quais de Seine, nos éclats de rire et nos baisers volés faisaient écho aux roucoulades des tourterelles célébrant l'arrivée d'un printemps tardif.

Il était de Beauvais, où il m'emmena un week-end. Il avait réservé un hôtel face à la superbe cathédrale que je n'eus guère le loisir de contempler. À peine entré dans la chambre, il me jeta sur le lit : c'était la première fois que nous nous trouvions dans cette situation. Ses mots tendres, ses caresses impudiques, son odeur d'orange amère me firent oublier toutes mes appréhensions, toutes mes craintes. Il m'aimait telle que j'étais. Je me donnai à lui sans retenue. Aucune envie de sortir de cette bulle où la notion de temps avait totalement disparu, tout comme la faim ou le sommeil.

Le lendemain midi, il m'emmena déjeuner chez une amie, me dit-il, qui avait une ferme dans les environs. Je fus surprise d'être accueillie par une vieille dame à l'accent picard très prononcé et dont je ne comprenais qu'une phrase sur deux. En réalité, je compris que c'était sa grand-mère. Elle embrassa Michel et nous fit passer à table. Elle nous servait sans jamais vouloir s'asseoir. Elle regardait son petit-fils, avec fierté et amour, et me dévisageait tel un ethnologue cherchant à déterminer de quelle contrée lointaine cette créature exotique pouvait venir. J'étais mal à l'aise jusqu'à ce que la charmante mémé m'offre un foulard précieusement rangé dans une jolie boîte en carton orange. En partant, après que nous eûmes goûté à l'eau-de-vie de cidre qu'elle fabriquait, Michel me révéla en riant les confidences de la vieille dame. Elle me trouvait très jolie et pour elle, mes grandes dents étaient prometteuses d'une nombreuse nichée. Nous étions écroulés de rire. Je lui pardonnais de m'avoir attirée dans ce guet-apens.

Pour se rapprocher de moi, il trouva un boulot à Paris, dans une boutique de fringues rue du Havre. Problème : il n'avait pas d'appartement et devait dormir la semaine à l'hôtel et rentrer le week-end chez ses parents. Tous les jours, j'allais chercher mon bel amant à la fermeture de sa boutique et nous restions dans sa chambre d'hôtel jusqu'à 20 heures, car je me devais de dîner avec Franck. Cette situation ne nous dérangeait pas. J'adorais Michel mais son côté jeune chien fou m'empêchait d'envisager de vivre avec lui, tandis que l'aspect pépère de Franck me rassurait. Au fond, mon compagnon idéal devait réussir à concilier ces deux aspects assez antinomiques. Je m'étais fait une raison, l'homme parfait n'existant pas, il me fallait tenter de parvenir à mener sans heurts cette double vie. Encore une parcelle de ma supposée intégrité qui s'envolait au profit de mes aspirations. « Le cœur a ses raisons que la raison ne connaît point », disait Pascal. N'avait-il pas oublié un autre élément tout aussi important de la passion amoureuse ?

L'Italie, et notamment le Molino Rosso à Florence, réclamait notre folle troupe. Pour la première fois, l'idée de quitter Paris pour quelques mois ne m'enchantait guère. La tournée se poursuivrait à Nice, puis aux casinos de Juan-les-Pins, de Canet-en-Roussillon et enfin de Biarritz. Pour être honnête, l'idée de ne plus voir Michel pendant six mois m'était insupportable. Il me promit de tout faire pour me rejoindre le plus souvent possible. Il voulait trouver un appartement afin que l'on puisse vivre ensemble à mon retour. Cette dernière proposition n'était pas la plus séduisante à mes yeux.

À Florence, chaque soir, le show rencontrait beaucoup de succès. Me baladant dans cette ville ancestrale que je connaissais dans les moindres recoins sans y être jamais venue, grâce aux leçons en tête à tête avec mon professeur d'italien du lycée Victor-Hugo à Marseille, j'espérais tous les jours croiser sur le Ponte Vecchio l'élégante silhouette de Beatrice, l'amour impossible de Dante Alighieri. J'aurais aimé aller laver mon linge dans l'Arno, je courus admirer le *David* de Michel-Ange à la Galleria dell'Academia et sa réplique devant le Palazzo Vecchio, Piazza della Signoria, voir la cathédrale Santa Maria del Fiore et le célèbre campanile de Giotto, j'arpentai les salles du musée des Offices et ses merveilles du Quattrocento. L'impression d'avoir un guide touristique à mes côtés me replongeait, à chaque face-à-face avec un chef-d'œuvre, dans la douce nostalgie fantasmée de l'enfance.

*

Le casino de Juan-les-Pins fut une parenthèse enchantée. Adamo et Eva, les célèbres danseurs solistes du Casino de Paris, nous avaient rejointes. La qualité du spectacle était en parfaite adéquation avec le faste de cette salle de spectacle et de son public très haut de gamme. La plage du casino nous était ouverte et, chaque après-midi, nos « itsi, bitsi, petits bikinis » faisaient la joie des estivants et le bonheur des plagistes, qui avaient vu grimper l'indice de fréquentation des lieux.

Avant le spectacle, au Pam-Pam, nous ne passions pas non plus inaperçues quand nous débarquions, peintes comme des idoles incas, pour y prendre, non pas un jus de banane, comme dans la chanson de Roger Pierre et Jean-Marc Thibault, mais quelques cocktails diaboliques sous les vivats et les sifflets admirateurs de la jeunesse dorée de cette station balnéaire qui ne s'endormait que lorsque le soleil se levait. Après le show, c'est au Woum-Woum que le maître des lieux, Johnny Honeywood, nous accueillait avec tous les honneurs dus à notre statut. Il nous installait à sa table où l'entouraient les plus beaux garçons de la Côte d'Azur. Le champagne coulait à flots dans un épais brouillard de fumée de cigarette, la musique hurlait dans d'immenses baffles sur lesquelles ondulaient des couples de jeunes gens qui ne fumaient sûrement pas que des Marlboro. C'était la fête, le bonheur, le lâcher-prise, les années 1970.

Nous étions logées dans une petite pension de famille que le casino, à deux pas, nous avait entièrement réservée. La patronne, une adorable Niçoise, ne voyait aucun inconvénient à nous servir les petits-déjeuners à midi, à nous mitonner de bons petits plats chaque soir, à faire semblant de ne pas voir les invités occasionnels que certaines d'entre nous consommaient avec un appétit d'ogresse.

*

Un dimanche, jour de repos, Chouchou nous proposa d'aller applaudir Coccinelle qui se produisait dans un cabaret cannois, le Sept. J'acceptai avec enthousiasme car je n'avais jamais vu sur scène cette icône, cette star, ce mythe qui avait su nous ouvrir, après son passage en vedette à l'Olympia, son mariage à l'église, sa participation au gala de L'Union, sa vie de pionnière, le chemin de l'acceptation, de l'intégration à cette société qui ne voulait pas vraiment de nous.

Le cabaret était bondé. En première partie, on nous avait annoncé un spectacle de transformistes. La salle était plongée dans le noir, dans une faible lueur bleutée, une étrange et frêle silhouette avançait péniblement sur scène. Aux premières notes de musique, sous nos yeux émerveillés, cruellement éclairée par un projecteur blanc, Piaf, Mme Édith Piaf, nous apparut plus vraie que nature. Sa supplique prenait tous son sens : « Mon Dieu, mon Dieu, mon Dieu, laissez-le-moi encore un peu… » La salle entière était debout, couvrant de ses applaudissements la performance de Zézette, le garçon qui imitait à la perfection cette icône emportée par une terrible maladie quelques années plus tôt. Le reste de cette première partie était de moindre qualité mais bon enfant.

Un écran était descendu sur scène. Un film y était projeté, déroulant les images d'un passé heureux, nous faisant admirer la beauté, l'espièglerie et l'ascension de la sublime Coccinelle. Le panneau s'envola brusquement, laissant apparaître, perchée sur un tabouret, l'incroyable Coccinelle. « Choucroutée » comme aux plus beaux jours, maquillée comme une voiture volée, elle portait un fourreau serré en sequins turquoise qui révélait le bronzage de son vertigineux décolleté et accentuait le bleu de ses grands yeux d'éternelle adolescente.

Subjuguée, je me laissai emporter par sa gouaille de titi parisien qu'elle savait si bien intégrer à ses chansons ou à ses anecdotes truculentes, dont on ne pouvait démêler le vrai du faux. Elle avait un bras dans le plâtre à cause d'une chute de cheval, dit-elle, ajoutant qu'il était bien le seul à refuser d'être monté. Elle recueillit une salve d'applaudissements qui l'encouragèrent à poursuivre son one-woman-show digne de nos meilleurs comiques.

Lors d'une chanson dont elle avait habilement changé les paroles, elle lança une flèche acérée à Chouchou, qui sut garder un sourire de circonstance. Quelques années auparavant, ma belle amie avait séduit le bienfaiteur de la star, laquelle avait visiblement du mal à pardonner le crime de lèse-majesté. Après le spectacle, dans la loge exiguë où nous étions allées féliciter la vedette, je pus constater la vacuité des compliments et la duplicité des embrassades d'usage dans ces moments-là.

*

Au casino du Canet-en-Roussillon, tout près de Perpignan, l'ennui faillit nous terrasser. Même à la plage, vu la configuration géographique, il fallait choisir entre être face à la mer et dos au soleil ou l'inverse. Sainte Rita, patronne des causes désespérées, interpellée par notre belle Brésilienne Rogeria, vola à notre secours : le contrat fut écourté pour d'obscures raisons financières.

Biarritz nous fit un triomphe. Ah ! les gâteaux basques et les dînettes au Café de Paris, l'hôtel du Palais, les surfeurs sur la grande plage et les fins de nuit interminables au Caveau, notre boîte de prédilection après notre show au casino Bellevue…

Franck vint passer quelques week-ends avec moi. J'eus beaucoup de mal à accorder les dates avec les venues de Michel, qui, lui, voulait me rejoindre toutes les fins de semaine. Ce défilé amusait beaucoup mes amis de la troupe ; dans les loges, ils me chantaient à tue-tête les paroles d'une chanson de Françoise Hardy : « Le même jour, ils sont venus le même jour, ils avaient les yeux de l'amour, ils étaient amis de toujours… Et tous les deux me plaisaient tant et tous les deux me plaisaient tant… »

Ces moqueries ne m'affectaient guère et me confortaient dans l'idée que ça ne pouvait pas continuer ainsi. Toutefois, « choisir, c'est renoncer », avait affirmé André Gide, et je ne pouvais me résoudre à sauter le pas. Je décidai lâchement que le destin s'en chargerait. Délestée de toute responsabilité, de toute culpabilité, je pouvais danser jusqu'au bout de la nuit pour, comme me l'avait dit Bambi, continuer à manger mon pain blanc. *Tomorrow is another day…*

Un heureux concours de circonstances illumina mon retour à Paris.

Franck et son associé venaient de signer un super contrat avec la Redoute, la célèbre entreprise de vente par correspondance. Ils devaient photographier toute la collection prêt-à-porter printemps-été du catalogue. Ils décidèrent de fêter l'obtention de cette énorme commande à l'Alcazar.

Ce cabaret-dîner-spectacle était devenu en l'espace de trois ou quatre ans le phare incontesté de la nuit parisienne. Le Tout-Paris et les plus grands artistes de la planète se pressaient pour applaudir la folie des géniaux Marc Doelnitz et Jean-Marie Rivière. Tous deux acteurs dans de nombreux films sans jamais avoir réussi à obtenir un premier rôle, ils avaient su transformer leur frustration en une flamboyante créativité, devenant les maîtres d'un univers fantastique collant parfaitement à l'esprit de liberté, de renversement des conventions, de fête et de happening propre à ces années post-soixante-huitardes. Ils offraient chaque soir à un public esbaudi un spectacle à nul autre pareil, où dérision et parodie s'alliaient à la splendeur de créatures aux âges et sexes indéterminés, où la folie de chacun faisait la joie des autres.

Jean-Marie, camelot, bonimenteur hors pair, présentateur à la voix éraillée et envoûtante, était parvenu à créer une telle interactivité entre la scène et la salle que l'on ne savait plus où était le spectacle ; de l'ouverture à la fermeture, il était permanent.

J'avais mis ma plus belle robe, Franck, une veste en velours Renoma bleu marine et un nœud papillon assorti. Philippe, son associé, et sa ravissante femme Maryse, pas moins élégants, complétaient notre table – autant vous dire qu'on ne passait pas inaperçus. Plus d'une fois, Jean-Marie me prit à témoin lors de la présentation des différents tableaux. J'étais flattée et étonnée qu'il se souvienne de notre rencontre à Anvers, après si longtemps. Entendre mon nom résonner dans les baffles de ce music-hall me sidéra. J'avais l'envie contradictoire de passer sous la table et de me lever en criant : « C'est moi ! »

À la fin du show, Jean-Marie s'assit avec nous et me déclara d'emblée, avec cette gouaille de titi parisien natif de Bergerac – tant il est vrai que la plupart des Parisiens sont nés en province : « Sans déconner, toi, t'es ma Joséphine Baker. Tu viens demain signer ton contrat. » Sans attendre ma réponse, il s'adressa à Franck et Philippe : « Je ne sais pas lequel des deux est maqué avec elle, mais convainquez-la d'accepter putain de merde ! » En se levant, superbe dans son smoking blanc rehaussé d'un énorme camélia rose à la boutonnière, il me fit un baisemain très appuyé et ajouta, en replaçant son haut-de-forme blanc : « À demain, ma Joséphine Galia. »

Malgré le brouhaha des conversations des clients, des machinistes qui rangeaient les décors, de la musique et des serveurs qui débarrassaient bruyamment les tables, tétanisée, je n'entendais rien d'autre que l'incroyable proposition que venait de me faire Jean-Marie Rivière.

*

Lorsque je lui fis part de mon intention d'aller travailler à l'Alcazar, M. Marcel, le patron du Carrousel, trouva l'idée excellente, à condition que je négocie fermement le montant de mon cachet. Alors qu'il ne me donnait que 60 francs par jour, il me conseilla de ne pas y aller pour moins de 250 francs, ce que j'obtins, sans difficulté, à mon grand étonnement.

Lorsque je l'en informai et le remerciai, il me dit que j'aurais pu obtenir bien davantage. Il ajouta en riant que les artistes étaient de bien piètres commerçants, ne connaissant jamais leur réelle valeur. Il me proposa de revenir le voir lorsque j'aurais à renégocier mon contrat. Il avait raison, je ne savais pas me vendre.

Ce n'est pas en Joséphine Baker, mais en Carmen Jones, héroïne de la célèbre comédie musicale éponyme dont tous les acteurs étaient issus de la communauté afro-américaine, que j'apparus pour la première fois en ce joli mois de mai 1973, sur les planches de l'Alcazar.

Le numéro avait été monté en moins d'une semaine. Catherine Rivière, sa femme, m'avait habillée en paysanne chic, jupe longue en liberty noir et blanc, blouse romantique en dentelle blanche et col montant, grosse ceinture en satin rouge. Six *boys* en costume de planteurs, cigare aux lèvres, m'attendaient en bas de l'escalier en Plexiglas que je descendais, crinière au vent et peur au ventre tout en chantant *Beat Out Dat Rhythm on a Drum*. Après avoir mis à terre ces jeunes godelureaux, je ressortais de scène heureuse comme jamais. J'avais trouvé ma place.

L'intégration fut rapide et chaleureuse dans cette troupe hétérogène et bigarrée où danseuses, solistes, chanteuses et chanteurs, garçons de salle et maîtres d'hôtel étaient tous mus par un seul et même désir : vibrer sur scène. Certains prenaient la lumière plus que d'autres, mais de Dany, notre célèbre chanteuse à la gouaille parisienne, à Minka, l'incroyable danseuse de cancan, de Daniel Guichard à Solange, d'Aline à Pascale, de Babette à Francis Lorry, de Sabrina à Mathieu Carrière, d'Hervé Wattines aux filles de l'atelier de couture, j'en passe bien sûr et non des moindres, nous étions tous les éléments indissociables d'une même entité qui faisait chaque soir briller de mille feux la nuit parisienne.

Mon quotidien avait totalement été chamboulé. Il m'était de plus en plus difficile de gérer ma vie privée. Quatre après-midi par semaine, j'allais aux cours de cancan et de modern-jazz que donnait notre chorégraphe, Jean-Louis Bert. Souvent, le soir, après le spectacle, on répétait les nouveaux tableaux. Le week-end, nous enchaînions les « ménages » jusqu'au petit matin : des numéros dans les différents clubs gays de la capitale, comme le Katmandou, le Scaramouche, le 18 ou le Rocambole à Villecresnes, ce qui mettait beaucoup de beurre dans nos épinards, et nous permettait de rencontrer un public plus bariolé, plus déjanté. Je n'avais qu'un jour de repos où je n'avais envie de rien d'autre que de paresser.

Heureusement, Chouchou et moi habitions toujours dans le même quartier et continuions de passer tout notre temps libre ensemble. Elle était mon seul lien avec mes anciennes copines du Carrousel.

Franck me reprochait de me voir de moins en moins. Je n'allais plus que très rarement chercher Michel à la fermeture de sa boutique. J'étais totalement immergée dans ma nouvelle vie professionnelle. Travailler avec ces artistes venus des Folies Bergère, du Crazy Horse, du Lido ou même découverts dans la rue me fascinait. J'adorais, entre deux passages, aller les admirer depuis la mezzanine. Je ne ratais sous aucun prétexte Solange en Marlène Dietrich, sanglée dans un tailleur noir, épongeant le front du commandant du peloton d'exécution avec le bandeau qu'il voulait lui placer sur les yeux, se remettant du rouge à lèvres en se servant de la lame de son sabre comme d'un miroir, pour mieux tomber, belle et digne, sous le feu croisé de leurs fusils, parodiant ainsi la scène finale et culte du film *Agent X 27*.

Entendre Jean-Marie insulter les machinistes en ordonnant de faire entrer les loups sur le plateau du tableau russe et voir surgir des coulisses les chiens des artistes se démenant rageusement pour tenter d'arracher les masques de goupils dont on les avait affublés valait son pesant de cacahuètes. La sublime Pascale cherchant un *Big Spender* entourée de bodybuilders plus vrais que nature relevait du délice académique. Et je hurlais de rire en voyant Babette grimée en Régine, reine des cabarets parisiens, botter les fesses de Jean-Marie

Rivière, après avoir reçu une tonne de confettis malencontreusement tombés du haut des cintres.

Contrairement à ce que tout le monde croyait, toutes les danseuses de la revue, excepté moi et une autre artiste, étaient génétiquement des filles ; quelques garçons travestis complétaient la troupe. Jean-Marie entretenait savamment le mystère, ce qui faisait la joie des spectateurs, des journalistes – qui voyaient avec délectation en chacune d'entre nous un ancien CRS – et des serveurs qui, habilement, prenaient avec les clients des paris qu'ils gagnaient à tous les coups.

*

Étant métissée, il m'a toujours été très difficile de m'identifier à une star. Pourtant, sans être une groupie énamourée, j'étais tombée sous le charme de Solange. Elle était d'une beauté insolente. Une héroïne de bande dessinée. Curieuse alliance entre la fée Clochette et Betty Boop, savant mélange d'innocence, d'insouciance et de sex-appeal incandescent, elle semblait traverser la vie comme une brise de soir d'été. Elle avait tous les hommes à ses pieds mais n'en voyait aucun. Elle faisait partie, pour reprendre les mots de notre ami Pascal Jardin, de la « race des seigneurs », même si, comme elle me l'avait avoué un soir, ce n'était pas toujours facile d'être « femme au pays des seigneurs ». Elle me subjuguait. C'était le prototype de la femme que j'avais toujours voulu être. Elle m'accorda son attention, son amitié. Voilà le plus beau cadeau que j'avais reçu depuis bien longtemps.

C'est elle qui m'avait présenté Pascal Jardin, inconditionnel de l'Alcazar, écrivain de nombreux ouvrages et auteur, entre autres, des dialogues cultissimes de la saga *Angélique, marquise des Anges* que je connaissais par cœur. Elle m'avait prévenue que, comme tous les romanciers, c'était une éponge, un vampire avide de la singularité de chacun, et que je n'étais pas à l'abri de me retrouver dans l'un de ses futurs bouquins. Il fallait donc que je fasse très attention aux confidences que je pourrais lui faire.

Il m'emmenait chez Castel après le spectacle, dîner ou déjeuner chez Laurent sur les Champs-Élysées, chez Thérèse au Tong Yen où il avait son rond de serviette. Il était brillant, drôle, j'adorais sa compagnie, il n'y avait aucune ambiguïté dans notre relation. En m'exhibant ainsi dans les endroits les plus prestigieux de la capitale, il satisfaisait son instinct provocateur, ce dont j'avais bien conscience et ne pouvais lui tenir rigueur, car, comme lui, j'adorais voir la tête de ces bien-pensants quand il leur révélait, après plusieurs interrogations, que j'étais l'une des créatures de rêve de l'Alcazar.

Nous avions de longues discussions. Il avait cette rare faculté de vous faire croire que vous étiez aussi intelligent que lui. Tout comme le faisait si bien Jean-Marie sur scène, il savait vous rendre unique. Nous étions plus que copains, nous étions amis. Il adorait me dire qu'une fille était enfermée dans mon corps, qu'elle tapait furieusement dans ma tête pour être libérée. Il voulait absolument m'aider à l'en sortir. J'acquiesçais mais je n'osais lui dire que je n'avais pas encore réuni la somme nécessaire, et, surtout, que j'avais peur de m'engager dans ce processus irréversible dont on disait les pires horreurs. Nous étions si proches que beaucoup de nos amis croyaient que nous sortions ensemble. Il n'en était rien.

Au tout début de notre amitié, il m'avait donné rendez-vous, avant d'aller dîner avec Claude Sautet et Solange, dans sa garçonnière rue de la Faisanderie. Il voulait me faire découvrir l'endroit où il aimait se retirer pour écrire. Écrire, c'était un de mes rêves secrets, inaccessible. Sur les conseils de Pascal, j'écrivais chaque soir sur un agenda un résumé de ma journée. C'est ainsi, m'avait-il dit, que je devais commencer, comme un pianiste pratiquant quotidiennement ses gammes. Le retrouver dans son sanctuaire était pour moi un cadeau inestimable, une belle marque d'amitié, un privilège.

C'était un studio assez spartiate : un secrétaire, un canapé. Il avait ouvert une bouteille de champagne tout en me racontant quelques anecdotes croustillantes sur Delon et Mireille Darc. Soudain, pris par je ne sais quelle pulsion, il s'était jeté sur moi en me criant : « Ma Galia, de tes jambes, tous les hommes voudraient se faire des colliers ! »

Renversée sur le sofa, je fus sauvée non par le gong, mais par ma perruque qui alla atterrir sur une lampe Tiffany ; cette dernière, ne résistant pas à la densité de la chevelure, se fracassa en mille éclats de verre sur le parquet Versailles de l'humble garçonnière. L'incongruité de la situation déclencha un fou rire qui mit à jamais fin à toute velléité de récidive. Durant tout le dîner qui suivit, nous nous esclaffions à intervalles réguliers sous les regards interrogateurs de Claude Sautet et de notre belle Solange, à qui nous n'aurions révélé sous aucun prétexte l'origine de ce rire incontrôlable.

Le balcon de l'Alcazar abritait un bar où les artistes sortant de scène ou attendant leur prochain passage se mêlaient aux assidus noctambules parisiens. C'était l'endroit le plus *in* de la capitale. La promiscuité entre tenues plus ou moins légères, costumes d'époque, panaches de plumes, costumes-cravate ou jeans et chemises à col pelle à tarte donnait à cet endroit une atmosphère irréelle, intemporelle, magique, subversive. Le chef barman, qui régnait en maître sur cet espace insolite, n'était autre que Jeannot, l'ange gardien qui avait veillé sur moi durant toute mon adolescence à Marseille. Celui-là même qui, au volant de sa Caravelle bleu turquoise, nous avait pris en stop avec mon copain Marylin sur la nationale 7 alors que nous désespérions d'arriver avant la tombée de la nuit à Cannes. Celui aussi qui m'avait donné la chance de travailler au Paradou quand, étudiant à la fac de droit d'Aix-en-Provence, j'avais tant de mal à manger deux repas par jour. Celui, enfin, qui m'avait vertement déconseillé de m'engager sur la voie où il était si fier de me voir m'épanouir aujourd'hui.

Chaque soir, Jeannot, en chemise de nuit blanche qu'il passait par-dessus sa tenue de barman, perruque en plastique noire coiffée comme un dessous-de-bras, brandissait un énorme coutelas et traversait la scène, de façon tout à fait inopportune, en hurlant : « *Muori, muori !* » Il était censé être Tosca poursuivant le baron Scarpia pour lui donner la mort, perturbant ainsi le déroulé d'un numéro en cours. Il se faisait expulser avec force insultes par un Jean-Marie faussement hors de lui. Avant chaque intervention, il aimait venir se changer et papoter un peu avec moi dans la loge que je partageais avec Richard Flèche, une Sylvie Vartan plus vraie que nature, et Adèle Taffetas, délicieuse femme-enfant qui avait dépassé depuis longtemps l'âge de la majorité pénale et qui triomphait chaque soir en réinterprétant le tube de Georgette Plana, *E viva España.*

Le couloir qui séparait les loges était si étroit qu'y circuler tenait du miracle. Dès les premières notes du début du spectacle, une effervescence digne de la danse des abeilles s'y répandait en souveraine. Les rires et les interpellations jaillissaient de chaque alvéole, les habilleuses sollicitées de toutes parts participaient à cette frénésie réglée comme une exhibition aéronautique de la patrouille de France. Une énergie contagieuse se répandait à travers toute la salle et lorsqu'au final, sous une pluie de confettis et de ballons blancs, nous défilions tous sur scène, le public refusait de nous laisser partir, refusait de sortir du rêve que nous venions de lui offrir.

*

J'étais devenue très amie avec Lucien Galliago, l'un des principaux maîtres d'hôtel. Dans son carré, assisté de ses commis, il se complaisait avec les moyens du bord à parodier certains numéros du show. Il fallait le voir, avec sa grosse moustache, enfiler à la va-vite une sorte de perruque blonde filasse et se déhancher sur *Qu'est-ce qui fait pleurer les blondes ?* tandis que le sosie de la belle Sylvie Vartan ondulait et triomphait sur scène.

Il était de Miramas et m'avait connue, comme Jeannot, à Marseille, ce qui nous avait d'autant plus rapprochés. À nous trois, nous formions le clan des Marseillais ; nous sortions souvent ensemble après le spectacle, entraînant avec nous une bonne partie de l'équipe. Castel, QG de Jean-Marie Rivière, était notre discothèque préférée et nous y étions particulièrement bien accueillis. C'était un club très privé rue Princesse à Saint-Germain-des-Prés ; il fallait en être membre pour pouvoir y accéder. Au rez-de-chaussée, on pouvait dîner toute la nuit à « La Cantine » ou prendre un verre à « L'Élite », un minuscule bar où avoir une table était un privilège âprement disputé. Au sous-sol, une grande cave voûtée, parsemée de palmiers en laiton doré, offrait sa piste de danse et ses canapés de velours rouge aux plus belles filles et aux plus beaux garçons de la capitale. C'était le point de rencontre incontournable des mannequins, des jeunes espoirs du cinéma, des filles du Crazy Horse et du Lido, des producteurs, des réalisateurs, des écrivains, enfin, de tout ce qui un jour ou l'autre allait se retrouver à la une des magazines et qui constituait le Tout-Paris qui brille et qui pétille.

Jacky Iskander, le sémillant directeur de l'établissement, m'avait aussitôt prise en sympathie. En vieux routard de la nuit, il savait d'instinct, sans jamais se tromper, qui, dans cette divine comédie nocturne, devait ou non tenir le haut de l'affiche, qui étaient les figurants, les silhouettes, les seconds rôles ou les vedettes. Il était indifférent à la notoriété de ses clients, seul le charisme, le charme et le cœur, qu'il appelait les « trois C », avaient grâce à ses yeux. En riant, il disait qu'il pouvait y avoir un quatrième C, mais qu'il le réservait à la sphère privée. Il avait beaucoup d'humour. Il ne cachait pas, sans non plus l'étaler, sa préférence pour les garçons, et il lui arrivait, lors des grandes soirées dans les hôtels particuliers de la capitale, de s'y rendre habillé en femme, empruntant pour cette occasion les toilettes haute couture de ses plus riches clientes.

C'est dans cette atmosphère, où l'odeur des Gitanes bleues, des Havanes et des Marlboro s'accouplait sans complexe avec les effluves de Shalimar, Rive Gauche et autre Diorella, qu'au moment de partir je rencontrai Zaza Dior, une amie du Carrousel de Paris, cousine, disait-elle, de Françoise Sagan – ce qui, mieux qu'une clef d'or, lui ouvrait les portes des endroits les plus courus de la capitale. Je me dois d'ajouter que son esprit cancanier et dévastateur allié à un certain alcoolisme mondain la rendait particulièrement appréciée dans ce monde magique et cruel des noctambules. Il lui manquait toujours 99 francs pour en faire 100. Me voyant sur le départ, elle me demanda de l'accompagner dans une nouvelle boîte qui venait d'ouvrir à côté du fameux Sept de Fabrice Emaer. Je tentai de lui expliquer qu'il était très tard et que je devais rentrer, mais j'avais oublié que nous étions arrivées à l'heure où, comme le chante si justement Francis Cabrel, « plus personne n'écoute », et je consentis à la déposer ; mon taxi ne ferait aucun détour, l'Opéra étant sur mon chemin.

La voiture s'arrêta rue Sainte-Anne, devant ce nouvel endroit qui s'appelait le Colony. L'établissement ne révélait absolument pas sa véritable raison sociale : pas d'enseigne lumineuse, pas de couleurs criardes sur la façade, seuls deux cerbères à la mine patibulaire semblaient en défendre l'entrée. Erreur : c'était deux clients qui attendaient qu'une ravissante blonde leur ouvre la porte. Celle-ci s'ouvrit finalement d'elle-même, laissant échapper un épais nuage de fumée duquel s'extirpa un véritable archange à l'opulente chevelure de jais. Grand, belle allure, il portait un jean, des santiags, des lunettes d'aviateur Ray Ban et un blouson Teddy bleu marine et blanc qui ne lui donnait pas du tout l'allure d'un premier de la classe auquel était normalement destiné ce genre de veston ; un Perfecto noir eût été plus adéquat.

En parfait gentleman, il se baissa pour ouvrir la porte du taxi. Tandis que Zaza en descendait, il me demanda, étonné de ne pas me voir faire de même : « Puis-je savoir pourquoi la Carmen Jones de l'Alcazar ne daigne pas venir visiter mon humble troquet ? »

Surprise et, je dois l'avouer, flattée d'être reconnue, je me laissai entraîner dans l'antre de ce beau démon. Il s'appelait Gérald Nanty. Il avait été le boss de plusieurs discothèques gays de la capitale, dont le Club 65 et le Nuage. Prince incontesté de Saint-Germain-des-Prés, il trônait chaque jour à 17 heures au club Pouilly du Café Flore, avant de quitter la rive gauche. Avec l'aide de ses amis et sponsors, Roger Peyrefitte et Alain-Philippe Malagnac, il venait de franchir la Seine. J'étais fascinée par son effronterie, son élégance naturelle, son côté rebelle qui le faisait parfois ressembler à une petite frappe de la zone : il n'en était rien ; fils du maire de Fontainebleau, il avait dans son carnet d'adresses les numéros de téléphone des gens les plus influents de tous les milieux.

Il me présenta à Marie-Antoinette, la belle, grande et blonde jeune fille qui faisait office de physionomiste. Me prenant par le bras, il m'entraîna dans un long couloir sombre, dont l'une des parois, vitrée, laissait apercevoir une salle en chantier : « C'est notre prochain restaurant, me dit-il, les travaux ne sont pas encore terminés. »

Nous descendîmes un grand escalier ceint de grilles noires qui débouchait sur une sorte de salon tout droit sorti de l'imagination d'un peintre orientaliste. Les canapés en kilim et les kentias arborescents accentuaient l'impression de s'introduire dans un lieu secret propice aux échanges interdits. En tournant sur la droite, on arrivait dans la discothèque noire et or où se déchaînaient sur la piste de danse, au son des derniers titres pop, de jeunes éphèbes lancés dans une folle sarabande sous la houlette satanique d'Andrea, la disc-jockey androgyne de cette boîte psychédélique.

Gérald, très heureux devant ma réaction enthousiaste, me glissa à l'oreille qu'il m'emmenait dans un lieu interdit aux femmes, où seules Jane Birkin et Régine avaient, jusqu'à aujourd'hui, eu le droit de poser leurs ballerines Roger Vivier. Par une porte dérobée, nous descendîmes dans une cave où s'entassaient des caisses de différents alcools, puis nous nous dirigeâmes vers un escalier qui donnait accès à une boîte mitoyenne que je n'avais pas remarquée en arrivant, le Bronx. J'étais totalement déstabilisée, Gérald jubilait. C'était la première fois de ma vie que je voyais un tel endroit.

Dans une grande pièce carrée à la pénombre savamment entretenue par la lueur de quelques lampes de chantier, on pouvait prendre place au bar vierge de tout tabouret. Dans un angle de la salle trônait un incongru lit superposé militaire, où étaient assis quelques mecs – grosses moustaches, blousons et casquettes en cuir –, et au milieu une sorte de totem auquel était apparemment attaché un blondinet torse nu. Les toilettes, signalées par une enseigne faiblement lumineuse, ne désemplissaient pas, théâtre d'un curieux ballet dont les codes n'étaient pas inconnus à la clientèle exclusivement masculine et fortement testostéronisée. Devant mon mal-être grandissant, Gérald m'accompagna vers la sortie en me rappelant en riant que cette *back-room*, une première en France, était réservée aux garçons.

Ses boîtes reflétaient parfaitement sa personnalité : provocateur et conformiste, avant-gardiste et conservateur, ami de Francis le Niçois ou du ministre de la Culture Michel Guy, de Lucie Faure ou de Madame Claude, de Françoise Sagan ou de l'incroyable Germaine Germain dite « Manouche ». Subjuguée, conquise, je lui promis de revenir le voir très bientôt. « Non, tu reviens demain, me dit-il. J'ai quelque chose à te proposer. »

Je connaissais parfaitement cette vieille ruse commerciale qui consiste à attiser la curiosité de son interlocuteur en lui promettant des révélations s'il revient le lendemain. Je savais aussi que les promesses de la nuit avaient du mal à voir le jour. Il n'avait certainement pas besoin de ces subterfuges pour me faire revenir, je venais de subir un véritable coup de foudre amical.

Le lendemain soir, je pus constater, avec bonheur, combien je m'étais trompée. Sa promesse n'était pas vaine.

Le Colony était seulement ouvert depuis quelques jours et déjà l'adresse avait fait le tour du monde de la nuit. Gérald avait été contacté par *In*, un magazine très branché, qui voulait faire un reportage sur ce nouveau club parisien. Il avait posé ses conditions : pas de photo du Bronx, le papier serait écrit par Roger Peyrefitte, il choisirait le photographe et j'en serais l'égérie. C'est ainsi que je me retrouvai dans les pages glacées du mensuel en robe du soir, entourée de jeunes gens à la nudité habilement dissimulée – que j'avais eu tout loisir de contempler durant les prises de vues. L'article s'intitulait « Le rêve de Galia » ; je ne fus pas la seule à souhaiter qu'il se transforme en réalité.

Plusieurs soirs par semaine, avec Lucien et quelques amis, nous allions prendre un verre chez Gérald. Sa boîte ne désemplissait pas, le succès était au rendez-vous. Très souvent, il venait me chercher à l'Alcazar après le spectacle. J'adorais monter dans sa Mini-Cooper vert anglais, dont le numéro d'immatriculation ne comportait que deux chiffres, privilège des éminences de la République. Comble du snobisme et de la modernité, le véhicule était équipé d'un téléphone, à une époque où un quidam devait parfois attendre un an avant d'obtenir une ligne à domicile. Gérald était charmeur, élégant, généreux, rieur, doté d'un esprit brillant ; je ne m'étais jamais amusée autant depuis mon départ de Marseille.

Le mois d'août approchait, l'Alcazar allait fermer pour les vacances d'été. Lucien, Jeannot et quelques amis me proposèrent de partir en Tunisie rejoindre Babette au Club Méditerranée, à Djerba la douce. Elle y animait les soirées. Nous y serions accueillis en *guest stars*, le directeur du club étant un fan inconditionnel de notre célèbre music-hall de la rue Mazarine.

Franck n'était pas très enthousiaste mais il céda devant mon insistance et mon envie de rejoindre mes copains, de connaître ces vacances organisées dont tout le monde parlait.

Il était tard quand l'avion atterrit à Djerba, la nuit venait de tomber. Dans le bus qui nous conduisait au club, l'ambiance décontractée et sympathique laissait présager un séjour très agréable. À l'arrivée au village, l'accueil de tout le staff déguisé en Régine, Babette en tête, provoqua l'hilarité générale.

Après un cocktail de bienvenue, la remise de colliers en perles de plastique qui remplaçaient astucieusement nos devises étrangères, les clefs de nos *menzel*, sortes de bungalows blancs en dur surmontés d'une coupole, Franck et moi prîmes possession avec bonheur de notre duplex spacieux avec terrasse privée. Les vacances pouvaient commencer.

Les gentils organisateurs (GO) étaient aux petits soins des gentils membres (GM), nous. Ils nous chaperonnaient dans une foultitude d'activités : de la gym aquatique à la promenade à dos de chameau, du tir à l'arc au bivouac aux portes du désert, du yoga à la plongée sous-marine, du petit-déj au bain de minuit, et plus si affinités. Me levant toujours très tard et détestant ces énormes buffets où les GM se précipitaient comme une nuée de sauterelles affamées sur la pauvre Égypte, laissant derrière eux de grandes tablées où des assiettes à moitié pleines révélaient leur peur de manquer, l'envie d'en avoir pour leur argent, le peu de respect et de considération pour les employés qui venaient débarrasser les restes de leurs agapes, je préférais passer la plupart de mes journées à la plage, sous l'un des vastes auvents en teck, devenu le point de ralliement de notre petite bande. Allongée sur mon transat, j'avais l'impression d'être une princesse orientale dont les sujets, au fil des heures, venaient lui rapporter les rumeurs de couloir du palais.

Le soir, nous nous retrouvions dans l'un des quatre restaurants pour le dîner, tous très satisfaits de ces vacances sur mesure. Lucien avait emmené une amie, Sylviane, petite blonde délurée, amusante, mère célibataire, venue au club avec l'intention de bien s'y éclater. À son grand désespoir, depuis plus de six jours que nous étions là, elle n'avait pas ramené dans son lit l'ombre d'un corps étranger. Chaque soir, au dîner, briquée comme un sou neuf, elle nous racontait ses déboires et ses espoirs.

Un matin, alors que nous étions tous réunis sous l'auvent au bord de la plage, nous la vîmes débarquer, écarlate, furibonde. Elle se planta devant nous et entre deux vociférations, trois insultes adressées à on ne sait quel amant d'un soir, elle nous exposa les raisons de son manque total d'attrait aux yeux de la gent masculine du club. Babette, qui était arrivée avant nous, avait répandu le bruit qu'un travesti de l'Alcazar allait arriver. Tous les GO avaient cru que c'était elle.

« Comment ces connards ont-ils pu croire que c'était moi ? Ils ne savent pas faire la différence entre une vraie femme et un travelo ? » S'ensuivit une succession de noms d'oiseau. Devant le silence gêné et les regards réprobateurs de Lucien, elle se retourna vers moi et s'excusa en précisant qu'elle n'avait rien contre moi, que moi, ce n'était pas pareil.

En me levant pour aller me baigner, je lui répondis : « Ce n'est pas mon problème, c'est le tien. »

Elle se retrouva seule sous l'auvent, les copains m'avaient tous suivie.

Sabrina m'avait téléphoné : mon costume de Baker était prêt. Je devais passer pour le dernier essayage dans l'après-midi, on présenterait le numéro le lendemain lors de la répétition générale. L'Alcazar rouvrait ses portes deux jours plus tard. En arrivant dans l'atelier de couture, je fus émerveillée par le costume qui avait été confectionné avec trois crinolines en paillettes argent de l'ancienne revue des Folies Bergère. Une robe longue au décolleté vertigineux dans le dos, un manteau rehaussé d'un immense col de strass et plumes blanches dont la traîne était si longue qu'un serveur habillé en groom devrait la tenir. Évidemment, je finirais nue, la célèbre ceinture de bananes accrochée autour des reins. Sabrina, qui s'occupait de la création de tous les costumes et était à l'origine de bon nombre de tableaux, s'était surpassée.

Le soir de la réouverture, en descendant le grand escalier, j'étais dans un état second, tandis que Jean-Marie embrassait le sol que je venais de fouler. Je n'étais plus Galia, j'étais Joséphine Baker, inondant de son amour et de sa joie de vivre son public auquel elle chantait *Paris de mes amours*. Plus que jamais, je comprenais combien le bonheur d'être sur scène est absolu et unique.

*

Jeannot avait un nouveau barman, un grand brun très beau garçon. J'avais compris que je ne lui étais pas indifférente et je m'en amusais. Il était toujours très prévenant et faisait semblant d'être jaloux quand il voyait Franck ou Michel venir me chercher. Un soir, pourtant, il m'ignora totalement. Le manège dura quelques jours. Agacée, je voulus savoir quelle était la cause de cette attitude. Sa réponse me sidéra : il venait d'apprendre que je n'étais pas une fille. Il ne m'en tenait pas rigueur, mais il était furieux de ne pas s'en être rendu compte. En riant, je lui lançai la réplique cultissime de *Certains l'aiment chaud* : « *Nobody's perfect… !* »

À mon tour, je décidai de l'éviter. Il avait fait ressurgir de vieux démons. Mon mal-être n'avait jamais été si intense. Moi qui avais su surmonter le fait d'être née dans un milieu défavorisé, non blanche et dans le mauvais sexe génétique, je me retrouvais à la case départ : prouver, encore une fois, que j'avais autant le droit d'exister que qui que ce soit. Par chance, j'avais hérité, je ne sais de qui, du pouvoir de transformer le négatif en positif et plus que jamais il allait falloir s'en servir, la rage étant un excellent moteur pour y parvenir. Un événement inattendu allait me confirmer que le chemin de vie que j'avais choisi était le bon.

Les danseuses de l'Alcazar et celles du Crazy Horse avaient été désignées pour présenter la collection de la nouvelle coqueluche des rédactrices de mode, le Japonais Kansai Yamamoto. Le défilé avait eu lieu au Palais des Congrès de la porte Maillot. Une série de clichés prise par Luc Fournol, le photographe star de *Jour de France*, était parue dans le magazine.

Dany, ma fidèle petite sœur, déstabilisée au téléphone, me raconta que ma mère, en feuilletant la revue, s'était arrêtée net sur une photo, lui faisant remarquer combien la jeune fille me ressemblait. Troublée, Dany n'avait su que répondre. « Dis-lui que c'est moi. Ça fait cinq ans que je suis partie, il est temps qu'elle sache. Quelle que soit sa décision, je suis prête à l'accepter. »

Ma sœur avait raccroché, pas certaine que nous ayons choisi le bon moyen ni le bon moment. La réponse ne se fit pas attendre : ma mère voulait me revoir. J'étais bouleversée par la teneur de sa lettre. Elle, dont la retenue et la pudeur m'avaient privée de tout réconfort affectif tout au long de mon enfance, me révélait son amour maternel dans sa dernière phrase : « Quoi que tu fasses, tu seras toujours mon enfant. » J'étais en larmes, mais une force nouvelle m'avait envahie. La reconnaissance de ma mère, dont je croyais pouvoir me passer, légitimait mon combat, elle venait de me donner le droit d'être qui je voulais être. Je ne laisserais plus jamais quiconque tenter de me culpabiliser.

J'avais pris deux jours de congé afin de me rendre à Marseille. Trouver la tenue idéale pour revoir ma mère après toutes ces années ne fut pas une sinécure. Dany, qui était venue me chercher à l'hôtel, su me rassurer et me conseilla de lâcher mes cheveux que j'avais retenus en catogan.

Nos retrouvailles auraient lieu chez ma tante Marinette, qui habitait toujours le Panier, quartier de notre enfance. Je vous épargne les larmes et les embrassades passionnées, les rires et les regards flatteurs, pour ne garder que le plus beau compliment que me fit involontairement ma mère : « C'est incroyable comme tu ressembles à Nine. »

Nine, Antoinette, ma grand-mère. La seule qui m'avait aimée et protégée tout au long de mon enfance chaotique, que j'avais perdue à quinze ans, à la suite d'une longue maladie comme on disait à l'époque, malgré les neuvaines que j'allais égrener chaque jour à la cathédrale de la Major. Celle dont j'admirais l'élégance et la poigne avec laquelle elle tenait son bar des Muettes. Une femme forte qui avait su transgresser tous les tabous de son époque : mère célibataire, élevant seule sa fille unique, ayant épousé un Malgache et imposé son choix à toute la communauté italienne de Saint-Jean, ce vieux quartier marseillais qui fut entièrement rasé par les Allemands en février 1943. Ma mémé, l'amour de ma vie.

Cette parenthèse marseillaise m'avait galvanisée. Je n'appréhendais plus ma vie de la même manière. Je n'étais plus spectatrice de mon destin, j'en étais devenue l'actrice, voire l'instigatrice. Plus forte que jamais, je rentrai à Paris.

*

Au bar de l'Alcazar, le beau Gérard, remis de ses doutes quant à la nature de ses pulsions à mon égard, me posait chaque jour la même question : « On sort quand ensemble ? » Je lui répondais avec un sourire enjôleur : « Jamais ! » Le manège dura quelques semaines. C'était devenu un jeu qui nous émoustillait tous les deux.

Sabrina proposa un soir d'organiser une collecte qui lui permettrait de confectionner un gâteau au shit. Sabrina, Sabo comme on la surnommait amicalement, personnage le plus haut en couleur de l'Alcazar, s'était appelée Anita Osaka quand elle était une artiste du Carrousel. Elle l'avait quitté pour Katmandou, à la recherche, avec ses amis hippies, d'un paradis perdu. Il en était revenu androgyne à la sexualité non définie, vivant dans un monde onirique en parfaite adéquation avec la folie du spectacle.

Nous étions une dizaine à avoir répondu à sa requête ; quelques jours plus tard, nous reçûmes notre part de cake au prorata de la somme donnée. J'avais déjà fumé des joints en tournée avec Chouchou, mais je n'étais pas une adepte assidue de ce genre de pratique et j'étais un brin apeuré par les effets que pourrait avoir cette forme d'ingestion. Sabo m'avait conseillé d'en manger un bon morceau juste avant le début du final car l'effet prenait un certain temps avant de se déclarer. Prudente, ce n'est qu'après la fin du spectacle que je goûtai au « gâteau magique ».

J'étais très étonnée de ne rien ressentir et j'acceptai de partir faire la fête avec Guy des Cars, prolifique écrivain que Jacques Chazot avait surnommé perfidement « Guy des Gares », François Cevert, champion de formule 1 aux yeux verts à faire tomber en pâmoison les plus prudes d'entre nous, et quelques amis, dans la nouvelle boîte de Régine : le Régi'Skaïa.

Sagement assise près de Guy, j'écoutais d'une oreille distraite le résumé fort détaillé d'un de ses nombreux romans, *Une certaine dame*. Au détour d'une phrase, mon esprit se figea sur un mot, m'empêchant d'entendre la fin. Les mots m'arrivaient isolés, sortis de la phrase dont ils faisaient partie. Je me raidis et tentai de me concentrer sur la conversation. Autour de moi, rien d'étrange, mais je compris que l'effet du *magic cake* venait de commencer. Françoise Mandonnaud et Anne MacDonnell, mes camarades danseuses de l'Alcazar, étaient sur le départ. Je leur demandai de me déposer au Colony, chez Gérald Nanty.

Elles me laissèrent avenue de l'Opéra, en bas de la rue Thérèse. Tandis que leur voiture s'éloignait, je fus prise de panique : je ne reconnaissais pas l'endroit où je me trouvais. J'essayai de me raisonner et me souvins que le Monoprix de l'avenue de l'Opéra avait brûlé quelques jours auparavant, il me suffisait de le repérer car il se trouvait juste en face de la rue Thérèse que je devais emprunter pour me rendre au Colony. Je marchais péniblement. En tournant dans la rue Sainte-Anne, je tombai nez à nez avec Gérard, le beau barman de l'Alcazar. Avisant très vite mon état anormal, il me proposa de me raccompagner chez moi.

Dans sa voiture, je sentais l'inquiétude monter car je ne reconnaissais pas le chemin qu'il empruntait. Il se gara. Nous n'étions pas rue de Tocqueville mais place des Abbesses ; je le lui fis remarquer. En riant, il me dit qu'il m'emmenait chez lui prendre un verre pour me remettre d'aplomb. Angoissée, dans les vapes, passive, je me laissai conduire. Je me retrouvai dans un petit studio où un simple clic-clac allait devenir le ring d'un combat érotique et sensuel dû, sans aucun doute, à ce gâteau incroyable, qui constitua notre seule nourriture durant les deux folles nuits que nous passâmes ensemble.

Le retour à la réalité fut difficile. Il me fallait rentrer chez moi et expliquer à Franck les raisons de mon absence. Avec un cran que je ne me connaissais pas, je lui expliquai que, sous l'emprise de substances modificatrices de comportement, j'étais restée deux jours dans la maison de campagne de Sabrina avec quelques copines, à fumer des joints à en perdre la notion du temps. Il fit mine de me croire.

La situation avec Michel devenait de plus en plus compliquée. Il s'impatientait et voulait que je quitte Franck pour vivre avec lui. Je mis un terme à notre relation. Il eut des mots très durs qui terminèrent de me convaincre que ma décision était la bonne. Comment pouvait-on salir ce que l'on avait aimé ? En me rabaissant, il ne faisait que s'avilir lui-même.

De son côté, Gérard avait quitté sa colocation de la place des Abbesses pour un ministudio au septième étage d'un immeuble haussmannien du 16e arrondissement. L'accès difficile par l'escalier de service, étroit et escarpé, ne faisait que décupler l'envie de s'y étreindre. Je compris combien était sujette à caution la boutade de Georges Clemenceau : « Le meilleur moment de l'amour, c'est quand on monte l'escalier. » Sept étages pour atteindre le septième ciel, une image un peu facile mais tellement vraie.

Gérard n'était pas du genre à me partager et je

ne me voyais pas du tout vivre avec lui dans sa chambre de bonne. C'est Chouchou qui m'apporta la solution : dans l'immeuble où elle habitait, rue de Saussure, un grand studio s'était libéré ; elle connaissait la propriétaire, je pouvais le louer.

Franck accepta plutôt bien notre séparation. Il se montra très gentleman en me laissant emporter deux ou trois meubles auxquels il me savait attachée. C'était la première fois que j'avais un chez-moi. J'avais convaincu Gérard que notre relation serait plus intense si chacun de nous avait son propre appartement.

En peu de temps, la force de notre histoire fit disparaître nos belles résolutions : nous nous retrouvions tous les soirs rue de Saussure, même si Gérard avait gardé sa chambre de bonne.

Le succès de l'Alcazar ne se démentait pas ; il avait même pris une dimension internationale. Les stars du monde entier aimaient s'y montrer lors de leur passage à Paris, de Sophia Loren à Jerry Lewis, de Liza Minnelli à Yul Brynner, d'Elizabeth Taylor à Dalí, dont la femme, Gala, voulut quitter les lieux en entendant Jean-Marie Rivière me présenter, croyant que je lui avais chipé son nom. Il fallut tout le bagout légendaire de notre M. Loyal pour la voir revenir à sa place, accompagnée par la belle Amanda Lear.

Les vedettes françaises ne manquaient pas non plus, entraînées par le célèbre présentateur du journal télévisé de TF1, Yves Mourousi : Thierry Le Luron, Claude François, Johnny Hallyday, Dalida, Alain Delon, Sylvie Vartan, j'en passe et pas des moins connus. Nous étions pratiquement de tous les enregistrements des émissions de variété de Maritie et Gilbert Carpentier, et ainsi, les stars invitées venaient nous applaudir.

Lors de l'enregistrement d'un *Numéro 1* consacré à Michel Sardou, nous apprîmes le décès de notre président, Georges Pompidou. Jean-Marie sauta sur l'occasion de la campagne électorale qui allait en découler pour créer un numéro dont Solange serait la vedette, mais qui me revint, la belle devant s'absenter pour jouer dans une nouvelle comédie musicale, *Gomina*. Le bonheur des uns faisant parfois le bonheur des autres, je me retrouvai sur scène, nue dans une baignoire transparente. Tandis que je me trémoussais dans un bain de mousse à la température quasi polaire, tout en chantant la chanson de Marie Laforêt, *L'Amour comme à seize ans*, Jean-Marie invectivait tous les hommes politiques défilant en diapositive sur un écran descendu des cintres. Le dernier à apparaître, simplement vêtu d'une serviette blanche autour des reins, était Giscard d'Estaing. « Ah non ! pas vous Valéry ! hurlait Jean-Marie. Rideau ! Rideau ! On va nous faire fermer l'établissement. »

Je n'étais pas fâchée de sortir de ce bain décapant où il me faudrait replonger chaque soir, au risque de me retrouver avec une peau de crocodile.

*

Selon ma petite sœur Dany, ma mère était devenue ma plus grande fan : elle collectionnait toutes les parutions dans les magazines, ne ratait jamais une émission de variété du samedi soir à la télé, espérant m'y apercevoir. Elle rêvait de monter à Paris pour m'y applaudir sur la scène de l'Alcazar. Elle n'avait jamais quitté la Provence. Je fus très émue de savoir qu'elle était prête à faire huit heures de train, quitter mes six demi-frères et sœurs, pour venir me voir.

J'organisai le voyage. Elles viendraient un week-end avec Dany. Ne travaillant pas le dimanche, je pourrais les emmener voir la tour Eiffel, où moi-même je n'étais jamais montée, tant il est vrai que les habitants de Paris ne visitent que très rarement leurs monuments. Ne pouvant les loger dans mon studio, je leur réservai une chambre dans un hôtel tout près de chez moi.

Jean-Marie était dithyrambique à chacune de mes apparitions sur scène, augmentant sans le vouloir mon stress. Clairette, qu'il remerciait de m'avoir mise au monde, avait ce sourire béat qu'ont toutes les parturientes lorsqu'on leur présente le fruit de leurs entrailles. J'étais pour ma part déchirée entre le bonheur de triompher sur scène et le malaise de me présenter à moitié nue devant ma mère. Après le spectacle, autour d'une bouteille de champagne généreusement offerte par le maître des lieux, je pris pleinement conscience de ce proverbe égyptien : « Le singe est toujours une gazelle dans les yeux de sa mère. » Je dois avouer qu'aux yeux du public de l'Alcazar, j'étais une très jolie guenon.

Connaissant mon rythme de vie décalé – combien de fois l'avais-je fait remarquer à ma sœur qui me téléphonait toujours aux premières heures de la matinée et ne comprenait pas qu'on puisse encore dormir à onze heures du matin –, elles me rejoignirent à midi avec des croissants et un cadeau qui, au saut du lit, provoqua chez moi une montée de sanglots.

De bon matin, elles étaient passées aux Galeries Lafayette où ma mère m'avait acheté une superbe robe rouge. C'était tellement symbolique. Encore une fois, j'eus le sentiment d'être sur le bon chemin, d'avoir été adoubée par ma mère qui, seule, en avait le pouvoir.

Sur le quai de la gare de Lyon, parée de ma robe rouge, j'embrassai ma sœur et ma maman, leur promettant de venir les voir très vite.

*

Gérard s'était fait discret durant le séjour de ma mère, mais il m'assura qu'elle avait semblé heureuse pendant tout le show. C'est lui qui l'avait servie. Elle lui avait déclaré, avant même que je n'apparaisse sur scène, qu'elle était venue à Paris pour applaudir Galia, sa fille. Il avait été troublé par la confidence, y avait vu un signe du destin. Il voulait m'accompagner la prochaine fois que j'irais lui rendre visite à Marseille.

Un événement inattendu enraya les rouages bien huilés de la machinerie Alcazar. Marc Doelnitz et Jean-Marie Rivière se séparaient, laissant ce dernier seul maître à bord. Cette rupture ne changeait en rien la réputation et l'image de notre outil de travail, mais certaines voix, parmi les artistes, s'interrogeaient concernant la créativité des prochains spectacles, soulignant que la direction artistique de l'Alcazar avait, jusqu'alors, toujours été un aigle à deux têtes. Mais l'été approchant, les belles cigales que nous étions, pour la plupart, ne s'inquiétaient que de savoir où elles iraient chanter.

Gérard avait choisi notre destination. Nous irions passer nos vacances à Biscarosse. J'étais ravie de partir en Espagne, n'y étant jamais allée. J'avais sans doute confondu Saragosse avec Biscarosse-Plage, jolie station balnéaire au bord de l'océan Atlantique, qui se trouvait, elle, dans les Landes. Il avait réservé un studio dans une villa les pieds dans l'eau. Les propriétaires avaient oublié de nous préciser qu'ils avaient transformé leur garage en chambre d'hôtes, que le confort en était quelque peu spartiate et que la vue sur la mer était derrière la dune. Heureusement, on s'aimait et rien n'aurait pu altérer le bonheur d'être ensemble.

Nous étions anonymes parmi les anonymes et cette situation nous convenait parfaitement. Notre couple pourtant ne passait pas inaperçu. Un photographe de mode, lui aussi en villégiature dans la station, nous demanda de poser pour lui. Il faisait un reportage à la demande du conseil régional. Grâce à lui, nous fîmes une belle rencontre : Françoise, jeune fille native de Biscarosse-Bourg, capitaine au CEL, le Centre d'essai des Landes, une base militaire d'essais de lancement de missiles. Elle nous fit découvrir les plus beaux endroits de la région, que nous sillonnions à bicyclette : la dune du Pilat, le lac de Parentis, port Maguide, la Teste-de-Buch. Les promenades en forêt, Dax et ses corridas, Magescq et son Relais de la Poste où, pour la première fois, j'eus le bonheur inoubliable de déguster un foie gras de canard chaud au raisin, ne firent que concourir à la magie de cet été aux saveurs de lune de miel.

Françoise connaissait bien sûr tout le monde et nous fit très vite emménager dans une vraie villa landaise sous les pins qu'une de ses amies lui confiait quand elle s'absentait. Des vacances de rêve. Au cours d'une soirée dans la seule discothèque du village, l'Oceana, l'un de ses amis vint me demander si je ne travaillais pas à l'Alcazar de

Paris. Mes dénégations ne parvinrent pas à le convaincre, mais comprenant sans doute mon besoin d'anonymat, il n'insista pas. Il fallait bien que ça arrive, toutefois cela n'eut aucune incidence sur notre séjour qui touchait à sa fin.

Nos au revoir avec Françoise furent empreints de beaucoup d'émotion. Alors que nous échangions nos adresses, je lui dis que je serais très heureuse de l'inviter à l'Alcazar où, effectivement, je me produisais. En me serrant dans ses bras, elle me murmura au creux de l'oreille qu'elle le savait. Elle m'avait déjà vue sur scène. J'étais conquise, une vraie amitié venait de naître.

À Paris, le départ de Marc Doelnitz, dont nous ne sûmes pas vraiment les raisons, décupla chez Jean-Marie un besoin de renouvellement. Il eut la merveilleuse idée de s'appuyer davantage sur le génie artistique de Sabrina et l'éclosion de nouveaux tableaux stimula l'esprit créatif de toute la troupe. Les répétitions s'enchaînaient, de nouveaux artistes nous rejoignaient, d'autres partaient. Le tableau russe avait cédé la place à celui du mariage juif, pour lequel on m'avait attribué le rôle de l'invitée d'honneur, Marie-Hélène de Rothschild. Celle-ci, assistant à la première du numéro, s'était amusée de ma performance et avait tenu à m'offrir l'un de ses tailleurs Chanel et une immense capeline de chez Jean Barthet. Ce n'était pas rare que les célébrités, conscientes de l'impact qu'une imitation sur la scène de l'Alcazar pouvait leur apporter, offrent leurs habits de lumière : ainsi, Claude François, ayant appris qu'un des serveurs avait été choisi pour l'imiter, fit envoyer l'un de ses clinquants costumes pour ajouter de la véracité à la parodie.

Je faisais partie des Claudettes qui dansaient sur *Le Lundi au soleil* et accompagnaient ce jeune décérébré qui croyait dur comme fer être la réincarnation de l'idole des Français. Plus d'une fois, je dus lui rappeler qu'il chantait en play-back et que Claude François était toujours vivant. La belle Pascale étant partie pour les États-Unis, c'est une fille du Crazy Horse, Saloon, qui la remplaça. Jean-Marie l'avait rebaptisée Vicky Toboggan, je vous laisse imaginer pourquoi. Le corps peint en or, portant seulement des cuissardes ornées de plumes de faisan, elle était entourée d'une horde de danseuses arborant des perruques aubergine à la fameuse coupe mulet de David Bowie, qui se mouvaient sur son titre *1984*. Héritières inquiétantes des mythologiques amazones, elles venaient nous annoncer une future prise de pouvoir de la société par les femmes. Leur cri de guerre : « Le roi est mort, vivent les reines ! »

Sabrina eut l'idée sulfureuse d'intégrer Mathieu Carrière, jeune premier franco-allemand, à notre troupe. Queue-de-pie noire, bas résille, bottes de cuir à talons aiguilles, chapeau haut de forme, maquillage outrancier, dans une atmosphère du Berlin des années 1930, le jeune comédien prometteur récitait, en allemand, un monologue shakespearien. Il interrompait soudain sa diatribe pour introduire sur scène une galerie de personnages inquiétants, qui n'auraient pas dépareillé parmi les phénomènes de foire de Mme Tetrallini dans *Freaks*. J'apparaissais en reine de la nuit fantasmagorique et décadente, et j'y prenais un plaisir extrême. Les jours passaient à la vitesse de l'éclair. J'avais l'impression d'être dans un accélérateur de particules. Nous venions de rentrer de vacances, voilà qu'il nous fallait déjà préparer Noël.

*

Gérald Nanty triomphait au Colony et au Bronx. Avec son voisin et concurrent Fabrice Emaer, patron du Pimm's et du Sept, ils se détestaient cordialement, comme les deux lions d'un même serre-livres. Gérald ne supportait pas de me savoir au Sept et Fabrice, qui m'appelait « la modernité », n'avait de cesse de m'y attirer. J'aimais bien être l'un des enjeux de leur « gayguerre », mais ma préférence allait à Nantounnet, ainsi que le surnommait Alice Sapritch.

Quel plaisir de se retrouver assise à sa table, qu'il partageait jusqu'au bout de la nuit avec tout ce qui fait l'esprit de Paris. Voir Thierry Le Luron, avec trois serviettes, deux coussins, se transformer en Manouche ; Bézu, assis près de Marie Marquet, vrai faux couple à la Dubout, se retrouver avec sa seule cravate pour tout vêtement à la fin du repas, ou pire, cracher sur de malheureux clients en hurlant qu'il était punk avant que « Artichaut-Naseaux », le directeur, ne l'expulse avec fracas ; Yves Mourousi débarquer avec à son bras les plus belles femmes, les plus célèbres ou les plus riches, était un spectacle que je ne voulais rater sous aucun prétexte. Nul besoin de demander à un quelconque guéridon si l'esprit était là, il fusait à toutes les tables que les initiés se gardaient bien de quitter, sachant qu'à leur départ des langues acérées et perfides leur tailleraient des costumes à faire déborder leur dressing-room.

Mon idylle avec mon beau maître d'hôtel avait pris sa vitesse de croisière. L'une de ses ex-conquêtes m'envoya, un jour, une lettre dans laquelle elle m'écrivait tout le mal qu'elle pensait de Gérard. Telle la mauvaise fée d'un conte de Perrault, elle se réjouissait à l'idée que je ne pourrais jamais lui donner d'enfant. J'étais forte, le cuir rompu à toutes ces attaques, mais celle-ci, puisant dans une cruelle vérité, me blessa profondément. Certes, j'étais persuadée qu'être femme, ce n'était pas être génitrice, mais je savais également que le plus beau des fruits de l'amour et de la vie était un enfant. Je n'éprouvais aucun désir de procréation et me plaisais à dire que j'aimais trop les enfants pour en avoir, mais il fallait bien reconnaître que la garce avait réussi à trouver la faille dans mon armure.

Devant mon désarroi, ma petite sœur, Dany, eut une idée qui me déstabilisa, d'autant que Gérard y était tout à fait favorable. Elle me proposa de porter un enfant, par insémination artificielle, de mon fiancé. Cette preuve d'amour sororal m'émut au plus haut point. Cependant, après mûre réflexion, et à l'aune de ma vie amoureuse quelque peu agitée et de la responsabilité que cette démarche engendrerait, nous abandonnâmes d'un commun accord cette folle et généreuse idée.

Bien m'en prit car Gérard, bien que toujours très amoureux, avait changé de comportement. Il avait toujours fumé « l'herbe du diable », mais plus d'une fois j'eus l'impression qu'il était passé à une autre gamme de psychotropes. Sa nervosité succédant à de longues périodes d'indolence, ses absences répétées au boulot, ses coups de fil plus que tardifs pour me dire qu'il préférait dormir chez lui car il était épuisé, ainsi qu'un bon nombre d'infimes détails qui font naître les soupçons les moins avérés me firent comprendre que nous étions à un tournant de notre relation et qu'il allait falloir négocier ce virage avec beaucoup de dextérité pour ne pas nous retrouver dans le mur.

Comme toujours, mon instinct de survivante ne m'avait pas alertée en vain. Un soir, alors que je pris un livre sur la plus haute étagère de mon meuble bibliothèque, une petite boîte en carton vint s'échouer sur la moquette. Je l'ouvris et mes suspicions devinrent certitudes, me confortant dans l'idée que « quand il y a un doute, il n'y a pas de doute ». Une seringue, emmaillotée dans un Kleenex taché de sang, venait de transformer mon prince charmant en un détestable crapaud.

Je l'affrontai aussitôt. Il se confondit en excuses, arrivant à réveiller en moi un troublant sentiment de culpabilité. Il n'était pas encore accro à l'héroïne, pour et grâce à moi, il était persuadé qu'il parviendrait à s'en sortir. L'amour étant un puissant anesthésiant de la raison, je décidai de m'investir totalement dans ce sauvetage, oubliant la règle d'or des secouristes : surtout ne pas couler avec la personne que l'on veut ramener sur le rivage. Je savais combien les toxicomanes ont le besoin viscéral d'entraîner leur entourage dans les bras de leur maîtresse meurtrière.

Très vite, tout rentra dans l'ordre, même s'il me sembla remarquer que sa consommation d'alcool et de cigarettes hilarantes avait passablement augmenté.

Un soir de congé, il me proposa de faire un voyage. Il voulait que l'on prenne ensemble du LSD. « Il n'y a pas d'amour, il n'y a que des preuves d'amour », dit-on. Voyant là l'occasion de lui en donner une, j'acceptai de faire ce trip, en précisant que ce serait la seule et unique fois. Une vraie cérémonie. Confortablement installée sur mon lit-canapé, les lumières savamment tamisées, la lueur bleutée de la télévision, dont on avait coupé le son, ajoutant une note fantasmagorique à l'ambiance lourde de senteurs de shit que nous avions fumé en guise de préparation, j'attendais Gérard.

Vêtu d'un sarong noué autour des reins, il apparut tel un grand prêtre de Haute-Égypte dans l'embrasure de la porte de la salle de bains. Il vint se glisser près de moi. Après une étreinte torride, il me présenta ce qui me sembla être un bout de buvard rose, qui fondit dans ma bouche comme une simple hostie. L'effet ne tarda pas à se faire ressentir. Le temps coulait au ralenti, mes pensées surfaient sur d'étranges volutes multicolores. Ses mains se baladaient sur mon corps et semblaient le redessiner. Ses pensées, par une étrange télépathie, n'avaient plus besoin de mots pour me parvenir, me faisant chavirer dans des abîmes de plaisir ou me roulant sur des grèves de sable blond aussi soyeux que les cheveux d'un chérubin.

Chaque objet, chaque détail prenait des dimensions, des colorations, des incarnations ésotériques. « Objets inanimés, avez-vous donc une âme qui s'attache à notre âme, et la force d'aimer ? » interrogeait le poète. Je sursautai. À ce moment précis, la réponse était oui. Enfouie au plus profond de mes coussins, j'eus la sensation insolite que ceux-ci se lovaient sur moi et non l'inverse, qu'ils me touchaient, me poussaient. Le délire venait de commencer. Je le subissais, mais j'en étais également la spectatrice qui tentait de rester amarrée à la réalité. J'étais à la fois l'ancre et le bateau.

Le « cinéma de minuit » donnait à la télévision *La Maison des sept péchés* avec Marlène Dietrich et John Wayne. Une scène, ou plutôt une image, capta toute mon attention. Le gros plan sur la belle chanteuse de beuglant venant rencontrer son fringant officier de marine déclencha en moi une série de réflexions qui me parurent d'une importance capitale. La lumière du jour qui passait à travers les stores à claire-voie de la cabine zébrait le visage de Marlène, éclairant seulement ses yeux et ses lèvres. Magique. Il me fallait à tout prix noter ce que je ressentais, c'était capital. Réussissant péniblement à trouver un carnet, un stylo, je pus écrire le secret que je venais de découvrir.

Le trip n'était pas terminé. Gérard était en panique, terrorisé par une tortue de mer empaillée qu'il voyait s'approcher belliqueusement de notre lit. J'eus beau tenter de lui rappeler qu'il me l'avait offerte à Noël, qu'elle n'était qu'un simple objet de décoration, il était au bord du malaise. Voir cette montagne de muscles réagir comme une petite fille devant un monstre imaginaire me révolta. Difficilement, je réussis à m'extraire de notre couche et à me traîner jusqu'à l'objet de sa hantise. Chaque mouvement était un pénible effort : le saisir, le lui montrer en certifiant : « Tu vois, elle est morte. »

Je n'avais pas plutôt prononcé ces cinq mots que l'animal, voulant se libérer de mon emprise, agita violemment ses pattes-nageoires. Je poussai un cri d'horreur, tout en la balançant contre le mur d'où elle retomba, décapitée. À la vitesse de l'éclair, je me réfugiai sous la couette. Gérard m'avait transmis ses angoisses.

Pour garder une trace de nos délires, j'avais mis en marche un magnétophone à cassette ; mon preux chevalier, hélas pas sans peur et sans reproche, était persuadé que nous étions espionnés et que des micros dissimulés dans le studio étaient directement reliés au poste de police. Nos voix étaient amplifiées et un écho semblait les répéter, nous forçant à chuchoter. À son tour, il rampa jusqu'au magnéto pour l'éteindre. Un silence sépulcral se répandit dans la pièce. Blottie contre mon macho, ma statue du commandeur qui se délitait au fil des heures comme peau de chagrin, j'avais l'impression d'être sur un gigantesque grand huit dont il me fallait descendre dans les plus brefs délais.

Je m'abritai dans la salle de bains où, assise nue sur le siège des toilettes, mon regard s'arrêta sur des ciseaux rutilants et dorés, posés sur une étagère. Instantanément, je fus comme hypnotisée. Alors que mon bras droit s'allongea pour s'en emparer, ma main gauche tenta de l'en empêcher. Comment pouvais-je transmettre à mon cerveau deux ordres contradictoires et réussir à les faire exécuter ? Pourquoi ce besoin impératif de se couper les ongles ? Effrayée par les réponses que me donna le peu de lucidité qu'il me restait, je balançai violemment dans la baignoire le faux scalpel dont l'usage inapproprié n'aurait jamais pu me rendre la féminité dont la nature m'avait privée. Me voyant revenir en larmes, et malgré ses questions pressantes, Gérard ne sut jamais le drame qui avait failli se jouer.

Le soleil perçait à travers les volets, signe qu'il devait être bien plus de midi. Pour estomper l'effet du LSD et redescendre en douceur, Gérard nous roula un joint qui nous apaisa et nous permit de nous endormir.

Le réveil fut nauséeux, mille détestables araignées grouillant dans ma tête. Un café corsé et deux Doliprane plus tard, je réussis péniblement à recoller les morceaux de mon encéphale que j'avais mis à rude épreuve. Gérard était déjà parti. Son service à l'Alcazar commençait à 18 heures. En rangeant le désordre de notre nuit agitée, je retrouvai au fond de mon lit la tête de ma pauvre tortue marine et, sous deux bols de céréales à moitié pleins, mon carnet de notes. J'avais écrit plusieurs pages durant le film de Marlène Dietrich. Ma surprise fut égale à ma déception. J'avais certes gratté frénétiquement les feuilles, mais sur chacune d'entre elles un seul mot apparaissait, donnant sur l'ensemble, d'une écriture tremblotante et géante, la phrase suivante : « Il faut magnifier la femme. » Moi qui avais cru découvrir les arcanes de la féminité, je ne pus que rire de mon trop-plein de présomption. En retrouvant mes ciseaux au fond de la baignoire, je me souvins de ma tentative de la veille et pris conscience de mon réel mal-être. Je n'avais pas encore réalisé mon rêve. Seule une opération irréversible pourrait me le faire atteindre. En rangeant le précieux instrument dans son étui, je souris, car je savais que j'avais pris rendez-vous avec mon destin.

*

Gérard recommençait à sortir beaucoup après le boulot, à découcher. Ses démons s'étaient réveillés. Je craignais d'être la cause de ses soucis. Profitant d'un week-end où nous étions partis rejoindre Françoise à Biscarosse, après l'une de nos longues balades à travers l'immense forêt de pins landais, j'abordai le sujet que nous avions toujours esquivé.

Blottie entre ses bras, je lui demandai si notre relation lui posait problème, si le fait que je ne sois pas une fille comme les autres le perturbait et le contraignait parfois à s'éloigner de moi. Il prit ma tête entre ses mains et me déclara, les yeux dans les yeux, que j'étais sa femme, que j'étais la seule qui l'apaisait, qui lui donnait une raison d'exister. La discussion se poursuivit jusqu'au petit matin, entrecoupée d'ébats passionnés qui confirmaient la teneur de ses propos.

Au cours de cette nuit-là, il se livra comme il ne l'avait jamais fait auparavant, me retraçant le parcours d'une enfance chaotique et dépourvue d'amour qui ressemblait cruellement à celle que j'avais subie. Deux morceaux de bois flottant sur une mer hostile, tentant désespérément de s'unir pour mieux résister aux assauts de « l'aveugle océan », c'est ainsi que je nous imaginais, ce qui le fit beaucoup rire et lui offrit l'opportunité de m'affubler d'un nouveau tendre surnom : Bûchette, qui, je l'avoue, ne m'enchanta guère.

Pour des raisons indépendantes de sa volonté, Jean-Marie dut vendre l'Alcazar. La sidération frappa toute la troupe. Qu'allait-il se passer ? Qui avait racheté ? Pour quel usage ? La vraie question était : allions-nous garder nos emplois ?

Jean-Marie lui-même tint à nous éclairer sur l'avenir de son Alcazar. Il l'avait vendu à Christian Fechner sous condition de ne licencier aucun des artistes de la revue. *Show must go on*, nous dit-il en guise d'au revoir à la fin d'un spectacle. Il sabra une multitude de bouteilles de champagne qu'il offrit, avec panache, à sa folle équipe, qui y noya ses larmes.

Christian Fechner, jeune trentenaire, découvreur d'Antoine, créateur des Charlots, producteur talentueux de films à succès, devenait notre nouveau patron. Il apportait dans ses bagages Yanco, un illustre magicien qui me faisait penser à un roi mage. Hervé Wattines, qui remplaçait souvent Jean-Marie, devint le présentateur de la revue.

Surprise ! Marc Doelnitz revint, garant de l'ADN du spectacle, avec un nouveau directeur artistique, François Vicente, qui complétait le nouvel attelage.

Rien ne devait changer, pourtant rien n'était plus pareil, comme un goût de biscotte sans sel, de cappuccino sans crème, de bière sans alcool. Était-ce moi qui me lassais ou mon intuition qui avait déclenché un signal d'alarme ? Il fallait bien reconnaître qu'un souffle de renouveau agitait toute la société de cette dernière partie des *seventies*. La mode, la télé, la musique, la consommation et son corollaire, la publicité, prenaient de plus en plus de place dans notre quotidien. En ces années giscardiennes, la jeunesse s'emparait du pouvoir. Nous n'avions pas de pétrole, il nous fallait avoir des idées. Le changement, c'était maintenant.

*

Malgré ses doux serments, Gérard partait, lentement mais sûrement, sur des sentiers où je n'avais aucune intention de le suivre. L'argent facile et les tentations nombreuses lui faisaient oublier que je n'avais rien d'une Pénélope, et que je n'avais pas « la vertu des femmes de marin ». Notre couple avait du plomb dans l'aile. Je devenais de plus en plus réceptive aux regards lourds de promesses des admirateurs anonymes.

Pour les grandes vacances, afin de nous donner une seconde chance, nous avions décidé de partir au Portugal, à Lagos, en Algarve. Séjour idyllique où nous retrouvions le plaisir d'être ensemble dans un décor de carte postale. Le bonheur attire le bonheur. Un couple de jeunes mariés portugais, avec qui nous avions sympathisé, nous fit découvrir les secrets de cette extrémité de l'Europe d'où, paraît-il, Christophe Colomb était parti à la découverte des Amériques. Les plages de sable fin pratiquement désertes en plein mois d'août, les dégustations de *lulas* grillés au feu de bois au détour d'une ruelle, meilleurs calamars de la terre que Gérard me voyait dévorer avec méfiance, les petites auberges des villages alentour, la découverte, hors des circuits touristiques de l'arrière-pays ajoutés à un ciel toujours serein ne purent que nous faire passer d'excellentes vacances. J'étais tombée amoureuse de ce pays et de la chaleureuse hospitalité de ses habitants, laquelle se confirma jusqu'à l'ultime minute.

Pour le retour à Paris, nous devions faire escale à Lisbonne. Belle occasion de s'y promener quelques heures et d'y acheter les derniers souvenirs, comme cette veste à torsades en grosse laine artisanale trouvée au marché aux voleurs à un prix dérisoire âprement marchandé auprès d'un vendeur à la fringante moustache de conquistador. Au moment de sauter dans le taxi qui nous ramènerait à l'aéroport, Gérard, n'ayant plus de liquide, s'inquiéta de savoir s'il me restait un peu d'argent pour régler la course. Il me restait de la menue monnaie, mais pas suffisamment. Armée de mon plus beau sourire et sous l'œil réprobateur de mon compagnon, je m'en retournai vers le beau vendeur lusitanien à qui j'exposai mon problème avec force gestuelle. Sa compassion et sa générosité, quelques précieux escudos nous permettant de ne pas rater notre avion, ne firent que renforcer la belle image que j'avais de ce beau pays.

Mon bonheur de retrouver l'Alcazar n'était plus aussi intense. Les bruits de couloir et les intrigues avaient supplanté la camaraderie des années précédentes. Les individualités avaient estompé l'esprit de troupe. « Le roi est mort, vive le roi », les favorites craignaient d'être exilées et les courtisanes tentaient leur chance auprès du nouveau, jeune et fringant souverain. Je ne me sentais pas concernée par ces manigances et m'en tenais éloignée, tout comme Sabrina, Solange, Minka et quelques autres artistes.

Contrairement aux prédictions des Cassandre, l'Alcazar ne désemplissait pas. Le public était toujours présent, émoustillé par la sulfureuse réputation de ce temple de la transgression, savamment entretenue par les nombreux articles de la presse, les reportages télévisés, et même Jacques Brel avec sa célèbre chanson *Les Remparts de Varsovie.*

De nombreux films y avaient été tournés. Fechner eut l'idée de porter à l'écran une extravagante parodie de la vente de l'Alcazar : *La Course à l'échalote*, avec Jane Birkin et Pierre Richard, Marc Doelnitz y jouant son propre rôle. Toute l'équipe participait au tournage, dont certaines séquences se déroulaient dans la gare de triage de Villeneuve-Saint-Georges. Nous passions nos journées, qui commençaient à 8 heures, dans une immense salle ouverte à tous les vents, coiffées, maquillées, en costume de scène, à attendre que l'on vienne nous chercher. Avec Solange, nous avions très vite trouvé la parade à cette situation inconfortable. Nous connaissions le régisseur : amicalement, il nous installa, toutes les deux, dans une superbe voiture-lit d'un transsibérien en réfection. Nous pouvions y finir nos nuits. Il venait nous chercher seulement pour tourner dans des plans-séquences où nous serions indispensables les jours suivants. Privilège qui nous rapporta de substantiels cachets et attisa la jalousie de certaines de nos camarades de travail voyant là l'intervention de notre boss.

*

Chouchou frappa un après-midi à ma porte, elle tenait absolument à me faire deviner quelle serait la prochaine destination de la nouvelle tournée du Carrousel – que je ratais, ne faisant plus partie de la troupe. En vedette, avec Cynthia, elles partaient à Las Vegas. J'étais verte de jalousie, et elle n'en attendait pas moins. Mes nombreux voyages ne m'avaient jamais portée aux USA. Cette occasion manquée renforçait mon intuition : j'arrivais à une bifurcation et allais devoir choisir la bonne route à prendre.

À l'Alcazar, je me sentais de plus en plus mal employée. J'y travaillais depuis quatre ans. Le nouveau tableau que l'on m'avait attribué ne faisait que conforter mon impression. Affublée d'une perruque blonde à la permanente ratée, coiffée d'un bonnet phrygien, vêtue d'une robe blanche de grande prêtresse grecque décolletée jusqu'au nombril, encadrée par quatre danseurs déguisés en Clemenceau, Bonaparte, de Gaulle et Louis XVI, la Marianne que j'incarnais devait se soustraire aux assauts de ces messieurs sur un play-back de la plus ringarde des chansons de Line Renaud : *Vive l'amour*. J'étais mortifiée, à tel point que le soir de la première, reculant un peu trop, je faillis me rompre le cou en tombant de scène sur la table de clients persuadés que cette chute inopinée faisait partie de la chorégraphie.

*

Gérard avait décidé de s'associer avec un copain pour reprendre à Cannes, dans la vieille ville, un restaurant. L'affaire marchait plutôt bien et sa présence n'étant pas quotidiennement nécessaire, il pouvait ne descendre qu'un week-end sur deux, ce qui lui permettait de garder son job à Paris. Ces allers-retours ne me plaisaient guère. Je n'étais pas d'une nature jalouse, seul le mensonge me mettait hors de moi : je le considérais comme une atteinte à mes capacités de discernement, à mon intelligence, comme un vrai manque de considération et de respect. Or, je devais me rendre à l'évidence, à cause du mensonge, la jalousie m'avait gagnée.

Je n'allais pas jusqu'à le suivre ou fouiller dans ses affaires, mais lors de ses déplacements, je n'hésitais pas à l'appeler au restaurant pour m'assurer qu'il s'y trouvait. Deux ou trois fois, c'est son associé, Karim, qui me répondit en me servant toujours une bonne raison pour justifier cette absence. Le jaune était devenu ma couleur, j'étais entrée dans le club très fréquenté des femmes trompées.

Jean-Marie Rivière venait d'ouvrir un nouveau cabaret : l'Ange Bleu. Petite bonbonnière complète tous les soirs. Nouveau triomphe pour le Prince de la nuit, grand « entrepreneur de travelo public », comme l'avait baptisé avec humour Antoine Blondin. Le talent diabolique de Pascal Chevalier associé à la folie visionnaire de Sabrina, tous deux transfuges de l'Alcazar, transcendait le spectacle.

Les tableaux se succédaient, plus incroyables, insolents et transgressifs les uns que les autres : le nain Piéral travesti en Mae West se faisant dévorer par d'énormes fraises, ou en infirmier sadique sonnant la fin de la récréation dans un asile de folles hallucinées ; un défilé de mode censé avoir été imaginé par Eva Braun ; Catherine Rivière, la femme du patron, devenant le parfait sosie de Greta Garbo dans *La Reine Christine* ou *Le Roman de Marguerite Gautier* ; Sabrina en Charlie Chaplin se transformant en un clin d'œil en la glamoureuse et blonde platinée Jean Harlow… Et *cherry on the cake*, un final où toute la troupe costumée en belle Lola-Lola, l'héroïne du célèbre film *L'Ange bleu*, rendait un vibrant hommage à Marlène Dietrich sur une chanson écrite et composée par Frédéric Botton.

Je compris qu'il était temps pour moi de quitter l'Alcazar. L'une des phrases préférées de Gérald Nanty résonnait dans ma tête : « Il faut partir avant d'être définitivement démodé. » Chouchou, qui rentrait de Las Vegas, m'apporta la solution. Une nouvelle tournée se préparait au Carrousel. Elle avait refusé la proposition de M. Marcel de repartir pour six mois alors qu'elle venait à peine de retrouver Paris, même si la destination, l'Australie, l'avait tentée.

Depuis quelques mois déjà, mon intuition m'avait titillée : il était temps de se jeter à l'eau, et j'avais eu l'opportunité de me rendre compte qu'elle était désormais à parfaite température. Je ne prenais plus de plaisir dans mon travail, ma vie privée était décevante.

Avec la complicité de Sabrina et de Gildas, notre bel Adonis roi du french cancan à l'Alcazar, mes costumes pour mes nouveaux numéros furent prêts en moins de deux mois. Le même jour, je signai mon contrat au Carrousel et donnai ma démission rue Mazarine.

*

J'avertis Gérard que j'allais le rejoindre à Cannes pour le week-end seulement la veille. Il vint me chercher à l'aéroport, affichant son plus beau sourire, sa plus belle voiture. Il avait réservé une superbe chambre à l'hôtel Martinez, sur la croisette. Il ne voulait pas m'emmener dans l'humble appartement qu'il partageait avec Akim, son associé, m'apportant ainsi, sur un plateau, la réponse à mes interrogations. Pourtant, j'avais appris par ce même Akim qu'après quelques mois de cohabitation, ils avaient eu la chance de trouver deux appartements dans le même immeuble. Je savais que Gérard n'était pas le plus fidèle, mais je venais d'avoir la preuve que monsieur avait une femme dans chaque port.

Il faut savoir jouer à armes égales avec son adversaire ; je me gardai donc bien de montrer que j'avais pris ma décision : le quitter. Durant tout le week-end, il me traita comme sa reine de cœur, rien n'était trop beau pour moi : restaurant gastronomique, excursions en bateau aux îles de Lérins, soirée champagne au Palm-Beach et nuits enflammées. Il me dit en me déposant à l'aéroport qu'il remonterait à Paris dans quinze jours, le restaurant marchant très fort depuis le début de la saison. Je retournai à Paris sans lui parler de mon départ pour l'Australie et encore moins de mon intention de me séparer définitivement de lui.

Ce n'est que quelques jours plus tard, la veille de l'embarquement pour la tournée, que je décidai de lui passer un coup de téléphone. Je lui déballai tout d'un ton posé : l'Australie pour six mois, et surtout ma décision de mettre fin à notre relation toxique et trop riche en tromperies, soulignant, perfide, que je n'avais pas été non plus un parangon de vertu pour avoir succombé aux charmes de l'un de ses amis. Je raccrochai avec délice alors que, vociférant au bout du fil, il m'ordonnait de donner le nom du salaud. La vengeance est un mets que l'on savoure froid.

C'est à Roissy-Charles-de-Gaulle, le nouvel aéroport parisien, que la troupe du Carrousel devait embarquer pour Sydney. J'étais heureuse de retrouver mes camarades de show. Cynthia, qui avait accepté de partir sans sa partenaire Chouchou. Marcella, une superbe Brésilienne aux faux airs de la Vénus au vison, Elizabeth Taylor. Minouche, artiste de chez Madame Arthur qui parvenait en quelques secondes sur scène à se parer d'époustouflantes robes haute couture avec quatre ou cinq rouleaux de tissu soyeux et trois épingles. Daniel Agneau, adorable garçon qui interprétait en live le grand air de *La Traviata*, « Libiamo ne'lieti calici », portant deux costumes en même temps – profil droit : Alfredo, frac noir, gant blanc, moustache gominée, et sa belle voix de ténor ; profil gauche : Violetta, anglaises blondes et crinoline de velours bleu nuit, lui répondant trois octaves au-dessus. Monique, jeune et jolie ambassadrice de son Chili natal. Enfin ma somptueuse et flamboyante Laurence Chrysler, carrossée comme la voiture américaine dont elle arborait avec panache le patronyme, celle-là même qui avait assisté à mes premiers pas en Belgique. Toutes les sept, nous avions hâte de représenter, après plus de vingt-huit heures de vol, le Carrousel de Paris aux antipodes de la planète.

Notre arrivée à Sydney au cœur de l'hiver austral fut une jolie découverte. Nous étions logées dans un charmant hôtel, Grantham Street, dans Potts Point, petit quartier qui dominait la baie et d'où l'on pouvait apercevoir l'opéra à l'architecture futuriste et les hauts buildings de la City. Nous nous produisions au St George Leagues Club, gigantesque complexe sportif pluridisciplinaire accueillant d'immenses salles de machines à sous, plusieurs restaurants et une superbe salle de spectacle.

Pendant deux mois, nous allions intégrer un show qui comprenait également un magicien, un couple de danseurs acrobatiques, un célèbre pianiste symphonique australien et un non moins célèbre humoriste anglais, dont je ne retenais jamais les noms. Le Carrousel ouvrirait le spectacle dans une sorte de défilé de mannequins sur le refrain de *Chanson d'amour* de Manhattan Transfer, puis, entre les différents nouveaux intervenants, nous ferions chacune un numéro avant le grand final. Nous travaillerions du lundi au samedi, de 22 heures à minuit, avec une « matinée » réservée aux dames, de 15 à 18 heures le samedi.

Une limousine viendrait nous chercher et nous ramener à l'hôtel chaque jour. Cette métamorphose en « fonctionnaire du spectacle » me convenait parfaitement et me permettrait de mieux découvrir la capitale du New South Wales. Après mes derniers mois houleux et riches en rebondissements, je trouvais que cette tournée s'annonçait comme une délicieuse parenthèse, au pays des aborigènes et de la grande barrière de corail.

*

Je partais seule, ou parfois accompagnée de Marcella, à la découverte de ce nouveau terrain de jeu. Le chauffeur de notre limousine nous avait indiqué une plage à moins d'une demi-heure en bus de chez nous, Camp Cove Beach, un endroit de rêve, loin de celles surpeuplées de Bondi ou de Rose Bay. Elle promettait une vue imprenable sur la ville et la possibilité essentielle à nos yeux de bronzer seins nus. En peu de temps, comme pour de parfaites lectrices du *Guide du Routard*, la ville n'eut plus aucun secret pour nous, du moins le croyions-nous. De la grouillante City au calme apaisant du jardin botanique, de l'opéra toutes voiles dressées au Harbour Bridge – qui me faisait penser à une tour Eiffel paisiblement allongée entre les deux rives de cette magnifique baie –, du zoo de Taronga, avec sa faune exotique – des wallabies, des diables de Tanzanie, d'adorables koalas ou d'inquiétants platypus-ornithorynques –, jusqu'à la galerie aborigène de l'Australian Museum, tout était sujet à ravissement, à surprises.

Nous avions la chance d'habiter tout près de King Cross, le quartier chaud de la ville. Nous y avions découvert un resto français où nous prîmes l'habitude de dîner après le spectacle. On pouvait y déguster du *French bread* qui ressemblait plus à de la *foccacia* très aillée qu'à notre délicieuse baguette. Les jeunes Français qui tenaient l'endroit nous expliquèrent que l'ail était un condiment que les Australiens associaient inévitablement à la cuisine française. Ils nous donnèrent surtout des adresses où nous pourrions sortir et découvrir les secrets des nuits australiennes qui n'allaient jamais au-delà de 2 heures du matin. Il faut dire que les bars étaient pleins à craquer dès 17 heures, à la sortie des bureaux. Les litres de bière servis dans des verres surdimensionnés expliquaient aussi pourquoi, faute de combattants, les rideaux de ces officines se baissaient avec quelques heures d'avance sur nos nuits parisiennes.

La gent masculine hétéro n'avait rien à voir avec l'idée que je m'en faisais. Imaginant rencontrer à chaque coin de rue des clones des Bee Gees ou d'Errol Flynn, je fus déçue ; les filles n'étaient pas très belles et les garçons, plus que passables. Un seul endroit eut grâce à mes yeux, j'y allais tous les dimanches. À deux pas de chez nous, il y avait une boîte gay. Un petit immeuble de deux étages, le Girls Building. Au rez-de-chaussée, une boîte où des bandes de garçons à la beauté sauvage, vêtus de cuir, jeunes cousins de Marlon Brando dans *Sur les quais* ou répliques parfaites du flic moustachu des Village People, semblaient attendre, dans la pénombre enfumée, l'embarquement pour un voyage au bout de l'enfer. Au premier étage la nouvelle musique disco résonnait dans les enceintes pour la plus grande joie de jeunes gens déchaînés, colorés, pailletés, criant leur soif de liberté. Mais c'était au dernier étage que j'aimais me retrouver, assise parmi les spectateurs, pour assister à un excellent show de travestis.

Avec peu de moyens, beaucoup de talent et d'ingéniosité, ces garçons avaient créé un spectacle époustouflant. Ils étaient une dizaine à interpréter indifféremment des rôles masculins ou féminins, plus une créature de rêve, la star du spectacle : Carlotta. Elle était pour moi l'archétype de l'Australienne : grande, luxuriante chevelure blonde, larges yeux bleus, sourire Colgate, corps longiligne et sportif. Très vite, nous devînmes amies. Je perfectionnai grâce à elle mon anglais et ma connaissance des us et coutumes de cette communauté gay anglo-saxonne, que je trouvais parfois surprenantes.

La bonne entente, et plus si affinités, entre les gays et les travestis était pour moi une heureuse découverte, contrairement à l'acceptation hypocrite de la société dont je fis l'expérience un jour de shopping dans un élégant grand magasin de la City. Carlotta bénéficiait d'une certaine notoriété et passait régulièrement à la télévision. Reconnue dans les allées du drugstore, elle signait avec grâce quelques autographes. Nous avions fini nos achats quand, prise d'une envie pressante, je lui demandai de m'indiquer où se trouvaient les toilettes. Elle m'accompagna jusqu'aux WC pour hommes. Devant mon incrédulité, elle m'expliqua que nous n'avions pas le droit d'aller chez les femmes. Pour moi, c'était inconcevable. La plantant là, je m'engouffrai chez les dames. Lorsque je la rejoignis, je lui affirmai que personne ne pourrait imaginer qu'elle ou moi puissions ne pas appartenir au sexe faible. Avec un sourire gêné, elle me confia que c'était la règle et qu'étant connue, elle ne pouvait la transgresser. Je lui répliquai que, parce qu'elle était connue, elle pouvait faire tomber cet usage stupide. Il fallait qu'elle se serve de sa visibilité dans les médias pour faire évoluer les mentalités. Elle me jeta un regard perdu et se précipita dans les toilettes pour dames. En ressortant, elle m'embrassa, me promettant de ne plus jamais faire autrement.

Un après-midi, Carlotta m'emmena avec Marcella voir Daisy, l'une de ses amies travestis à la poitrine XXL, qui s'effeuillait dans une de ces nombreuses boîtes de strip-tease aux enseignes criardes et lumineuses, pareilles à celles que l'on pouvait voir chez nous, à Pigalle. Dans ce sous-sol enfumé aux remugles suspects, une vingtaine de *bushmen* se pressaient autour d'une miniscène en croissant de lune. Assise dans l'obscurité protectrice du fond de la salle, médusée, j'assistai au spectacle.

Les unes après les autres, avec l'énergie d'une

huître perlière, des jeunes femmes se déshabillaient ; je devrais dire, se déloquaient. À la fin de leur numéro, entièrement nues, se servant d'un foulard comme d'un lasso qu'elles passaient autour du cou d'un quidam, elles enfouissaient le groin d'un de ces porcs dans la touffe velue de leur intimité. Puis apparut sur un rythme endiablé, tel un rayon de soleil, notre amie Daisy. Sourire aux lèvres, déshabillé de soie, sculpturale, elle se livra au même rituel. Marcella et moi attendions avec impatience le moment où elle se mettrait totalement nue, sachant que tout comme nous, elle n'était pas encore passée entre les mains salvatrices d'un chirurgien exilé au Maroc.

Je dus étouffer mon fou rire quand la belle dévoila un pubis noir et foisonnant, qui laissait penser qu'elle n'était pas une vraie blonde, mais ne suscitait aucun doute dans l'esprit embrumé des mâles alentour qui en venaient presque aux mains pour avoir le privilège de lécher ce gazon postiche cent pour cent toc, cent pour cent synthétique. Le regard que nous lançait Daisy à chaque fois qu'elle en attrapait un décuplait nos rires et me confortait dans l'idée que, la nuit, tout n'était qu'illusion.

Deux mois déjà que nous profitions de la douceur de vivre de cette magnifique ville à l'hiver aussi doux qu'un printemps sur la Côte d'Azur. Le contrat à Sydney se terminait. Notre imprésario, très satisfait des retours parus dans la presse nationale, nous avait concocté une tournée de deux mois à travers les villes de la Nouvelle-Galles du Sud. Il nous présenta le nouveau contrat, Marcella refusa de le signer. Elle ne supportait plus d'être éloignée de l'amour de sa vie qui, lui aussi, malgré les coups de fil journaliers lui coûtant une petite fortune, dépérissait à Paris. Elle avait décidé de rentrer. J'étais très triste de perdre ma copine, mais je savais que son histoire d'amour était primordiale à ses yeux.

Le dernier jour du spectacle au St George Leagues Club, Carlotta vint me dire au revoir. Elle avait une proposition à me faire : je fus très flattée d'apprendre qu'elle voulait m'intégrer dans sa troupe des Girls. Elle me demanda d'y réfléchir et de lui donner ma réponse au retour du *travelling-show*.

En montant dans le bus Pullman qui allait nous transporter de ville en ville, je commençais à comprendre ce à quoi avait échappé Marcella et à mesurer l'inconfortable promiscuité à laquelle j'allais être confrontée durant ces deux prochains mois. Notre tour-manager s'appelait Douglas. Sa tignasse rousse ne laissait aucun doute sur ses origines irlandaises, dont il était très fier. C'était la première fois qu'il exerçait une telle responsabilité et nous nous en aperçûmes assez rapidement. Les autres membres du show s'étaient déjà installés. Le magicien, avec femme, enfants (deux en bas âge), lapins et colombes blanches (nous avions échappé au boa constrictor), le comique anglais triste comme des œufs brouillés sans bacon, le pianiste aux doigts aussi enflés que sa tête et notre couple d'amis danseurs acrobatiques qui nous parlaient de Paris où ils avaient triomphé aux Folies Bergère avec des étoiles dans les yeux.

*

Première étape : Canberra, capitale de ce pays-continent – alors que nous pensions, petites Françaises fâchées avec la géographie, que c'était Melbourne. Une ville dans un jardin, telle fut d'emblée mon impression. Nous allions y rester deux agréables semaines dans un très imposant Leagues Club.

La suite fut moins réjouissante. Nous allions sillonner en tous sens ce grand État qu'était la Nouvelle-Galles du Sud à la faune et à la flore extraordinaires, nous arrêtant dans des villes perdues aux noms incroyables - Wagga-Wagga, Gunnedah, Tamworth, Port-Macquarie, Albury et d'autres à jamais enfouies au fin fond de ma mémoire. Des bandes d'émeus, courant à vive allure, escortèrent notre bus sur des centaines de mètres, des collines entières se mettaient à onduler avec frénésie à notre approche – c'étaient en réalité les arrière-trains blancs d'une multitude de lapins s'enfuyant vers le sommet –, des forêts de fougères arborescentes jetaient une pénombre verdâtre, nous faisant craindre de voir surgir une horde de diplodocus, des champs entiers de cacatoès s'envolaient sur notre passage ou des perroquets au ventre rose se réunissaient sur les fils électriques comme de simples hirondelles.

Toutefois, plusieurs facteurs rendirent inévitablement l'ambiance détestable au sein de la troupe : parcourir plus de 500 kilomètres entre deux villes, en partant juste après le spectacle et en roulant de nuit, ne séjourner que dans des motels au confort minimaliste, supporter les ordres contradictoires de notre tour-manager qui se conduisait avec nous comme un insolent petit chef, voir Cynthia, sous prétexte d'avoir couché avec ce dernier un soir de beuverie, se prendre pour la leader de la troupe... Et ce qui devait arriver arriva.

Nous venions de nous arrêter dans une petite bourgade pour y passer un jour de repos bien mérité. Douglas, le rouquin, comme nous l'avions surnommé, avait décroché la possibilité de faire une représentation supplémentaire au casino du coin. Laurence Chrysler demanda si nous serions rémunérées pour ce show non prévu au programme. Sèchement, il lui fut répliqué qu'il n'en était pas question. Toute l'équipe du Carrousel, excepté Cynthia, refusa de participer bénévolement à cette prestation. Des noms d'oiseau dans un franglais très approximatif fusèrent, allant jusqu'à des insultes inacceptables. Perdant tout sens de la mesure, le rouquin, hors de lui, se précipita poings en avant sur notre belle Laurence, qui se changea instantanément en la tigresse qu'elle avait été sur les trottoirs de la Côte d'Azur et assomma le malotru. Ce dernier en fut quitte pour battre en retraite et arborer, pendant les dix derniers jours de la tournée, un œil au beurre noir qui dut lui rappeler qu'il ne fallait pas toucher aux petites femmes de Paris.

Pur bonheur que de retrouver Sydney en ce printemps austral, le confort de notre petit hôtel de Potts Point, tous nos copains et copines de King Cross, l'animation frénétique de la ville. La boutade préférée de Gérald Nanty, quand on lui parlait d'escapade bucolique, prit à mes yeux tout son sens : « À la campagne j'ai du mal à respirer, l'air pur m'empoisonne comme la fréquentation des cons. »

Je repensais avec nostalgie à l'exaltation de mes virées nocturnes parisiennes, à la richesse et à la diversité des rencontres improbables, au plaisir de se poser, chaque soir, en sortant de chez soi, cette question magique : « Que va-t-il m'arriver ? » Paris me manquait.

Nous terminions notre tournée en beauté. Oubliée la malheureuse parenthèse *travelling-show*. Notre passage au Parramatta Leagues Club remporta un vrai succès. Nous eûmes droit à quelques articles élogieux dans la presse et même à une apparition remarquée dans une émission télévisée. Carlotta, sentant tout ce que je pouvais apporter à sa troupe, tenta encore de me convaincre de rejoindre les Girls, me prédisant une belle ascension professionnelle et me voyant jouer un rôle prépondérant dans la visibilité et l'intégration de la communauté gay de son pays. Je n'avais jamais eu l'esprit militant. J'avais toujours pensé qu'il fallait d'abord régler ses propres problèmes avant de vouloir résoudre ceux d'autrui. Je n'étais pas prête à mener ce genre de combat. Je déclinai son offre, sachant pertinemment que je n'avais pas encore réalisé mon rêve d'enfant et qu'il me fallait rentrer chez moi afin de le finaliser.

Revoir Paris en cette fin septembre 1977 fut un enchantement. Chouchou, heureuse de me retrouver, me signala que juste après mon départ, profitant de la présence de Bravo, ma femme de ménage (c'était son prénom, ça ne s'invente pas), Gérard avait squatté l'appartement durant quelques jours. En entrant dans la salle de bains, j'eus la surprise de voir sur le miroir un mot écrit au rouge à lèvres : « Salope ». J'avoue que j'interprétai ce cri du cœur comme une merveilleuse déclaration d'amour, en tout cas comme une preuve de ma victoire.

Le retour au Carrousel me permit de mesurer combien j'avais changé. L'assurance et la détermination que je montrais sur scène m'avaient permis, en l'appliquant dans la vie de tous les jours, de me construire une armure sous laquelle j'avais su enfouir ma timidité, mes craintes, mon complexe d'infériorité et celui dont je ne connaissais pas le nom mais qui m'empêchait de me sentir légitime où que je me trouve. J'avais grandi, j'avais mûri. De plus en plus souvent, je pensais que le temps était venu d'entamer le processus de ma transformation définitive.

Me retrouver parmi les miennes, mes sœurs de galère, mes semblables, après ces quelques années d'éloignement, me fit moralement un bien fou. Les éléments de la troupe avaient un peu changé. Certaines étaient parties, d'autres étaient arrivées. Bambi était devenue professeur de français et enseignait dans une ville de province, célèbre pour ses parapluies, dont nous taisions rigoureusement le nom afin de la préserver d'un scandale. Rogeria et Valeria étaient reparties au Brésil où elles entamaient, fortes de l'aura acquise à Paris, une prometteuse carrière de chanteuse et de meneuse de revue. Une nouvelle génération avait apporté un sang neuf au groupe : transfuges de l'Alcazar, les belles Pascale et Stella étaient venues me rejoindre ; Géraldine et Claudia, jeunes Parisiennes, l'une aussi blonde que l'autre était brune, jouaient les benjamines ; Suzie Wong et Akiko, superbes Japonaises nées à Rio, formaient un explosif cocktail de fougue carioca et de délicate séduction asiatique ; Doriana, Uruguayenne à la beauté et au sourire diaboliques ; Ganaëlle, blonde Niçoise qui tentait de ressembler sans trop de réussite à son idole Coccinelle ; enfin, les sociétaires comme Capucine, Fétiche ou Florence complétaient ce merveilleux bouquet de « femmes de l'an 2000 ».

L'émulation et la compétition, relativement cordiales, aidaient à la résolution de problèmes spécifiques et existentiels. Myriam Shalimar, dotée d'un humour grinçant et d'une autodérision salvatrice, avait écrit sur la porte d'entrée de la loge : « Bienvenue en Trans-formation ». Elle aurait pu écrire « Bienvenue en terre inconnue », ce qui aurait été plus en adéquation avec le chemin de vie que nous avions choisi, dépourvu de toutes balises.

*

Gérald Nanty, heureux de me voir revenir de chez les kangourous, m'invita à la soirée d'ouverture du nouveau caf' conc' de Jean-Marie Rivière : le Paradis latin. Je serais sa cavalière.

Tout au bonheur de ma préparation, je fus cependant intriguée par la couleur de ma peau, de celle du blanc de mes yeux et de mes urines Coca-Cola. Après une consultation rapide et quelques analyses, je dus me rendre à l'évidence : j'avais rapporté d'Australie, grâce aux huîtres en bouteille auxquelles je n'avais su résister, une jaunisse, ou plutôt un ictère, comme me l'avait annoncé doctement un médecin consulté en urgence et qui me conseilla de garder la chambre pendant plusieurs jours.

Il était hors de question que je rate cet événement exceptionnel. Briquée comme un sou neuf et poudrée à frimas, je compris au regard admiratif de Gérald que mon entreprise de restauration du chef-d'œuvre en péril, moi, avait réussi. Le Paradis latin, sorti de l'oubli par un entrepreneur en travaux publics et restauré à l'identique, était splendide. Les dorures, les velours rouges, les hauteurs de plafond, la scène immense : tout concourait à faire de ce spectacle, chorégraphié par Molly Molloy et mis en musique par Frédéric Botton, une réussite. Dans la salle, le Tout-Paris avait répondu présent. À la table de Gérald Nanty : Régine, Thierry Le Luron, Alice Sapritch, Anne Parillaud, Yves Mourousi, Anne Célérier (la future femme de Jean-Pierre Cassel), Olivier Dassault, et moi, assise à côté de Jacques Chazot, qui me demanda abruptement, ne me voyant boire aucun alcool :

— Chère amie, auriez-vous une chtouille, une bléno ?

— Non, une crise de foie.

— Je vous prends un rendez-vous avec l'abbé Pierre, un homme de robe, il pourra vous comprendre et vous aider.

J'éclatai de rire. Une franche amitié venait de naître.

Chaque soir, en quittant le Carrousel, je retrouvais au Colony Gérald et ses grandes tablées. Vivacité d'esprit, jeunesse, talent – à venir ou confirmé –, beauté et insolence fusionnaient jusqu'au petit matin. Paris offrait à ses chers noctambules une multitude de lieux où le bonheur d'être et de paraître pouvait se consommer sans modération. De chez Régine au Sept, de l'Étrier à l'Élysée-Matignon, de chez Castel au Bus Palladium, mes nuits étaient trop courtes pour en extraire la substantifique moelle. Je ne buvais jamais, l'alcool ne m'aimait pas, au grand dam de mes copains pour qui sortir sans boire était plus inconcevable que vivre à Longjumeau. De même, je sortais beaucoup mais rentrais toujours seule, non que je ne fusse sollicitée, mais depuis mon retour d'Australie, je ne pouvais plus me retrouver nue dans un lit avec quelqu'un.

Je supportais de moins en moins cette anomalie que Chouchou considérait comme un plus, comme un avantage que nous avions sur les femmes génétiques, quand pour moi c'était un véritable handicap en inadéquation totale avec ce que je savais être.

C'est lors d'une tournée à Montreux, en compagnie de Chouchou, Marcella, Akiko, Gribouille, Stella et Doriana, que les choses s'accélérèrent. Akiko, geisha brésilienne aux longs cheveux de jais qui descendaient jusqu'au creux de ses reins, au corps d'albâtre sorti tout droit d'un tableau d'Ingres ou d'Édouard Manet, était la seule de la nouvelle génération à être passée entre les mains libératrices d'un chirurgien anglais. Dans les loges du cabaret, sans aucune gêne, je dirais même avec une certaine fierté, elle exhibait son joyau, son trésor, la preuve irréfutable de sa féminité reconquise. Capucine, Florence et Bambi étaient passées, après Coccinelle, dans la célèbre clinique du docteur Burroughs à Casablanca plusieurs années auparavant, mais avec des attitudes de pucelles outragées, elles refusaient systématiquement de nous renseigner sur le déroulé ou le mode opératoire du processus. Akiko, femme libérée, nous expliqua tout dans le moindre détail, n'hésitant pas à exposer sous nos yeux ébahis l'objet de tant de désirs, en tout cas, depuis toujours, des miens. Elle poussa la générosité jusqu'à nous en expliquer le miraculeux fonctionnement.

Après Montreux, il y eut Genève, Sierre, Widnau – ville perdue en Suisse allemande –, et le sujet de conversation primordial était toujours de savoir qui irait ou non en Angleterre. Depuis longtemps aux prises avec mes doutes, je voyais enfin la lumière au bout du tunnel. J'étais prête. Je rentrai à Paris avec une seule idée en tête : obtenir un rendez-vous avec le professeur Philips, que nous avions affublé du doux surnom de Daddy.

En France, la loi nous interdisait d'avoir recours à ce genre d'intervention. Hypocritement, comme on jette une banane à une pauvre guenon enfermée à vie dans un jardin zoologique, nous avions le droit de changer de prénom, à condition qu'il soit épicène. Nous étions plusieurs, au Carrousel, à avoir profité de cette opportunité, qui nous permettait, certes, de passer les frontières en adéquation parfaite avec notre aspect physique, évitant ainsi les quolibets ou les questions graveleuses, mais ne représentait qu'une première étape. L'obtention de la formule magique « née de sexe féminin », inscrite sur notre acte de naissance, était possible après une longue bataille juridique dont l'issue n'était pas toujours positive. Cela n'entamait en rien ma détermination.

Akiko avait réveillé nos consciences, endormies par une routine faussement confortable. Je m'aperçus avec plaisir que nous étions plusieurs dans la loge à avoir les mêmes aspirations. Après la bataille des anciennes et des modernes, voilà que se déclenchait une nouvelle guerre : *To be or not to be ?* Selon les partisanes du *Not to be*, la perfide Albion nous tendait un piège dont nous ne ressortirions pas indemnes.

On dit que l'histoire ne se répète pas, pourtant

j'avais connu la même situation quand j'avais annoncé, voilà presque dix ans, à mes copains marseillais mon intention de changer de vie. De prendre, non pas le voile, mais la robe, voire la minijupe. Les arguments étaient les mêmes, l'intention de dissuader, semblable. Désormais forte de mon expérience, je savais que je ne devais écouter qu'une voix : la mienne.

Grâce à Bambi, qui maîtrisait parfaitement la langue de Shakespeare, Gaétane avait obtenu un rendez-vous pour une première consultation avec le professeur Philips. Elle était partie en compagnie de Vanessa. À leur retour, elles furent assaillies par une multitude de questions auxquelles elles répondirent avec la délectation de deux cabotines donnant leur première conférence de presse. Gaétane devait consulter un psychiatre qui, selon le protocole anglais, était le seul habilité à donner son accord pour la finalisation du processus. Le cabinet du professeur leur enverrait alors une convocation pour entrer à la clinique. Tout cela prendrait quelques mois, Daddy étant débordé par les demandes provenant du monde entier.

Coup de fil de Bambi, elle avait réussi à me décrocher un rendez-vous avec le professeur et, dans la foulée, le même jour, avec le psychiatre. Je ne touchais plus terre. Entre rires et larmes, entre espoir et crainte, je balbutiai un vague merci. Une sonnerie étrange me sortit de ma béatitude, j'avais oublié de raccrocher le combiné de mon téléphone.

J'étais arrivée à Londres la veille de mon rendez-vous, craignant de ne pas être à l'heure. À Paris, dans les loges du Carrousel, nous avions préparé des réponses types au questionnaire très succinct que soumettait le psy. Je fus déclarée apte. Ma convocation pour l'entrée en clinique me serait envoyée dans les prochains jours. Il n'y avait plus qu'à attendre.

La missive me parvint deux semaines plus tard, plusieurs dates m'y étaient proposées. Je choisis la plus proche, début novembre, soit dans dix mois, ce qui me permettrait d'accepter les tournées du printemps et de l'automne en Suisse et étofferait mes économies.

Contrairement à ce que j'avais craint, le temps passa très vite. De Montreux à Genève, de Sierre à Lugano, la Suisse ne m'avait jamais paru aussi belle et mon célibat, autant contesté. Plus je me refusais et plus les avances de ces Helvètes beaux et sportifs se multipliaient. Je m'étais fixé une ligne de conduite et je m'y tenais.

Rentrant à Paris en ce joli mois de mai, c'est un Gérald Nanty furieux et déçu que je retrouvai. Il ne se remettait pas de l'ouverture du Palace par son concurrent de toujours, Fabrice Emaer. Je me souvenais des longues conversations que nous avions eues, quelques mois auparavant, lors de son retour de New York où il était allé assister au célèbre « Bal des petits lits blancs ». Fasciné par l'avance colossale qu'avait prise le *night clubbing* dans la ville qui ne dort jamais, il ne rêvait que de recréer à Paris le Studio 54, boîte incroyable qui venait de révolutionner les nuits de la « grosse pomme ». Il n'avait alors qu'une crainte : que quelqu'un l'ouvre avant lui. Il s'était fait griller la politesse et vu le triomphe obtenu par ce nouveau temple de la nuit parisienne, il était, comme le disait si bien Agathe Godard, son amie journaliste à *Paris Match*, dévasté. Une tuile n'arrivant jamais seule, voilà que, pour d'obscures raisons de montage financier, il allait devoir quitter le Colony.

Grand seigneur, il se plaisait à répéter ce mot de Mademoiselle Chanel que lui avait sans doute soufflé Jacques Chazot : « Prenez mes idées, j'en aurai d'autres. » Il allait ouvrir à la rentrée un nouveau restaurant piano-bar à Saint-Germain-des-Prés, dans un endroit chargé d'histoire : l'Échelle de Jacob.

*

Gérald me reçut dans sa maison de Ramatuelle avec beaucoup de tendresse et d'amitié. Il avait d'autres invités, laissant présager d'un séjour estival mémorable. Le vilain petit canard du Panier à Marseille volait aujourd'hui en compagnie de superbes volatiles, des cygnes. Quel plaisir, mêlé d'orgueil, de me retrouver dans cette grande maison avec Thierry Le Luron, Bernard Mabille, Alice Sapritch, Jacques Chazot, Alain-Philippe Malagnac et sa toute nouvelle épouse, reine du disco, Amanda Lear, qui me fascinait. Des copains de toujours comme Jacques, que Manouche avait surnommé Kennedy, Alain Duverger, Lily Paramount, espiègle pensionnaire du Crazy Horse qui ne se faisait pas prier pour dévoiler ses seins de déesse grecque, complétaient cette joyeuse bande de noctambules parisiens.

Nos nuits dans les plus folles soirées tropéziennes, où nous étions fêtés comme des rock stars, au Pigeonnier ou aux Caves du Roy, à l'Esquinade ou au Papagayo, ne me permettaient pas de suivre cette bande de « Mâles-Fêteurs », comme aimait les appeler Gérald, de plage en plage ou de yacht en yacht durant la journée. Cette frénésie nocturne et mes après-midi au bord de la piscine en compagnie de Nanty et des « lève-tard » me rapprochaient avec bonheur et sérénité de ce mois de novembre tant espéré.

J'avais prévenu ma mère de mon prochain départ pour Londres. Comme toujours, elle avait su trouver les mots qui confortaient ma décision et qui donnaient une légitimité, une bénédiction à mon choix de vie. Elle tenait absolument à venir avec moi en Angleterre. Je lui dis que ce ne serait pas une bonne idée, que je ne voulais pas qu'elle me voie dans un lit d'hôpital. Elle eut cette réplique qui s'imprima à jamais dans mon cœur : « J'étais là pour ta première naissance, je veux être présente pour la seconde. » Avec l'aide de Dany, nous eûmes beaucoup de mal à la convaincre de renoncer.

Stella, mon amie de l'Alcazar qui m'avait suivie au Carrousel, m'annonça qu'elle avait reçu sa convocation et qu'elle avait pu choisir la même date que moi pour son intervention. Ainsi, nous partagerions la même chambre à la clinique et deviendrions, en quelque sorte, de vraies sœurs. La nouvelle me réjouit, et c'est avec le cœur léger et le bagage mince que nous partîmes, en ce début de novembre, à la conquête de notre nouvelle vie.

La clinique de Notting Hill avait ce charme désuet et si particulier des immeubles londoniens. Notre chambre vaste et lumineuse donnait sur un jardin encore fleuri malgré la saison. Heureuse surprise, nous vîmes entrer Queen Love et Vincente, deux copines marseillaises qui ne s'attendaient pas non plus à nous retrouver là. Elles étaient arrivées une semaine plus tôt et repartiraient dans deux jours. Depuis la veille, elles étaient autorisées à marcher et, en apprenant par les nurses que deux Françaises venaient d'arriver, elles n'avaient pas pu résister au plaisir de venir papoter dans leur langue natale. Elles nous exposèrent avec force détails le déroulé du protocole de la semaine à venir, ce qui eut pour effet de mettre très mal à l'aise Stella. L'arrivée des infirmières mit fin à notre conversation. Le processus pouvait commencer. Les préparatifs furent des plus désagréables. Ultimes humiliations, quand l'une de ces jeunes nurses s'affaira à me raser le pubis ou m'administra un clystère purificateur.

Le professeur Philips, en bon Daddy, nous rendit visite une dernière fois en fin de soirée, nous précisant que nos interventions auraient lieu le lendemain après-midi. Il nous demanda qui voulait passer la première ; devant l'hésitation de Stella, que je sentais un peu angoissée, je lui répondis que ce serait moi.

*

Le jour heureux et tant désiré était là. Dix ans que je l'attendais.

Lorsque le chariot qui m'emmenait vers la libération s'arrêta au bout du couloir devant l'ascenseur, je me retournai une dernière fois vers la chambre, dans l'embrasure de la porte de laquelle apparaissaient, en ombres chinoises, mes nouvelles sœurs anglaises, Stella, Vincente et Queen Love. Malgré le sédatif qui commençait à faire effet, j'eus la force de me soulever, de lever mes bras en V de la victoire comme lors d'un final sur scène, et d'entonner une chanson de Joséphine Baker… *Puisque Paris c'est une femme* !

Un brouhaha et une lumière intrusive me sortirent d'un sommeil comateux. Des infirmières se pressaient autour du lit de Stella qu'on venait de remonter du bloc opératoire.

Une seule pensée surgit dans mon cerveau : le roi est mort, vive la reine ! Mais nous étions en terre anglaise et je me rendormis, sourire aux lèvres, en susurrant… *God Save the Queen !*

Nous étions le 3 novembre 1980.

Hello Galia,

Voilà longtemps que je voulais t'écrire cette lettre... Depuis le jour où tu m'as laissé sur le quai de la gare Saint-Charles. C'était le 1er janvier d'une année bissextile du siècle dernier. Tu quittais Marseille. C'était un lundi, début de la semaine, début de ta nouvelle vie... Tu ne te souviens plus ? Moi, je me souviendrai toujours de ton regard dans lequel on pouvait lire tous tes espoirs et surtout ton incommensurable angoisse... Nos espoirs, notre terrible angoisse... Je ne me suis pas présenté, je suis Dominique. Oui, Domino, le jeune métis que tu as été. Je suis toi à dix-huit ans.

Il en est passé, du temps, et depuis je te suis, je t'observe. Pourquoi ne me suis-je pas manifesté plus tôt ? Je ne pouvais intervenir dans le déroulé de ta vie. Je n'existais plus, j'étais ton passé, et je ne voulais pas être un boulet qui aurait pu entraver ta course vers tes rêves.

Combien de fois t'ai-je entendue demander à

ton miroir si j'avais disparu ? Maintes ! Combien de fois t'ai-je vue effondrée, prête à tout laisser pour me revenir ? Peu.

Oui, les premiers mois ont été difficiles. Hors de question pour toi d'accepter les diktats de tes nouvelles sœurs de galère. Rhinoplastie, vêtements trop sexy, foin de tout ça. Ta seule concession, la peur au ventre, fut au bout de deux mois ta première injection d'hormones.

Le résultat fut étonnant et me fit disparaître de ton miroir. La chrysalide avait fait place au papillon. J'ai craint un instant que tu ne mettes en pratique cet adage qui dit que « les promesses de la chenille n'engagent pas le papillon », ce n'était pas dans nos gènes. La fidélité, l'intégrité faisaient partie de nos valeurs. Sur les scènes du monde entier, tu as fait applaudir ta conquérante féminité, faisant tienne la belle phrase de Simone de Beauvoir : « On ne naît pas femme, on le devient. »

Tu as mis dix ans pour le devenir totalement. Ce fut long, difficile. Peu d'informations sur cette transformation irréversible, interdite en France, hors de prix à l'étranger. Pourtant, à force de privations, tu parvins à réunir la somme. Malgré l'inconnu et les horreurs qui circulaient sur les suites postopératoires, c'est en chantant que tu es partie sur le chariot qui t'emmenait vers ta libération, vers la salle d'opération.

Magique fut le réveil. Les « mademoiselle » en français, dont ces efficaces nurses anglaises ponctuaient chacune de leur phrase, faisaient oublier la rudesse de leurs soins.

Un an plus tard, tu as pu annoncer à ta mère que, sur tes papiers d'identité, il était dorénavant stipulé que tu étais née de sexe féminin et que ton numéro de Sécurité sociale commençait par un 2.

Mais tu n'étais pas au bout de tes combats. D'autres victoires, d'autres échecs allaient jalonner ce sentier de la vie que tu avais choisi d'emprunter, refusant de prendre les routes balisées, surtout dans les chaussures d'une autre.

Pourquoi cette lettre ? Pour te dire merci. Oui, merci d'être parvenue à réaliser notre rêve. Merci d'être devenue la femme que je voulais être. Merci d'avoir eu la force de franchir tous ces obstacles. Merci de t'être accomplie et d'avoir compris que le bonheur, c'était le chemin.

Je t'aime.

PS : Toi qui adores les citations, en voici une qui t'emmènera vers de nouveaux horizons : « On ne sait jamais ce que le passé nous réserve », Françoise Sagan.

Composition réalisée
par Rosa Beaumont

Imprimé en France par CPI
en avril 2022

FSC
www.fsc.org
MIXTE
Papier issu de sources responsables
FSC® C003309

L'éditeur de cet ouvrage s'engage dans une démarche de certification FSC® qui contribue à la préservation des forêts pour les générations futures.

Pour en savoir plus :
www.editis.com/engagement-rse/

N° d'édition : 63878/01
N° d'impression : 168981